MADEMOISELLE

BLEU D'AZUR

Y²

TROIZIX

(JEAN DE MIRAS)

MADEMOISELLE

BLEU D'AZUR

ROMAN DE MŒURS PARISIENNES

PARIS

CHEZ TOUS LES LIBRAIRES

—

1874

MADEMOISELLE
BLEU D'AZUR

━━◦◦✖◦◦━━

PREMIÈRE PARTIE
LE PORTRAIT

━━▶━◁▭▷━◀━━

I

UN PROBLÈME

Il y avait ce jour-là, un monde fou aux courses du Bois de Boulogne.

Tout le high-life parisien semblait s'y être donné rendez-vous.

Au pesage, l'élite des sportsmen se pressait turbulente et bavarde, pariant et discutant les chances des héros du jour — Messieurs les chevaux. Les jockeys erraient d'un air grave, en méditant quelque feinte habile et rien ne semblait plus original et plus singulier que certains entretiens entre des messieurs à l'air sérieux, vêtus presque sévèrement et les jockeys en casaque bariolée et en toque de couleur.

Les tribunes étaient éblouissantes de toilettes : tout le long de la piste, une cohue immense se bousculait au risque de se faire écraser sous les pieds des chevaux.

On venait de courir d'une façon assez insignifiante le prix d'Auteuil et, pour passer le temps, dans les tribunes, les médisances allaient bon train, quand soudain, dans la foule entassée sur le côté gauche de la piste, il se produisit un mouvement de curiosité tellement accentué qu'il attira non seulement l'attention des tribunes, mais même celle de ces messieurs du pesage.

Une magnifique américaine à fond noir rechampie de vert, attelée de quatre chevaux de sang montés en Daumont, arrivait sur la plaine.

Sur les coussins de soie de ce splendide attelage s'étalait nonchalante et parée avec une insolente simplicité, une jeune femme d'une adorable beauté... Immédiatement, toutes les lorgnettes se braquèrent sur l'américaine...

— Merveilleux ! s'écria le petit baron de Romain, on n'a pas une tête plus étrange...

— En effet, dit Jules Thouret, un journaliste, qui a du talent à ses heures, des cheveux noirs et des yeux bleus, cela se voit rarement...

Insensiblement l'enceinte du pesage se vidait, et les plus enragés turfistes oubliaient la course qui allait commencer pour tâcher de voir de plus près la belle inconnue qui produisait une telle sensation.

On se formait en groupe, on s'interrogeait et la curiosité allait d'un chemin d'enfer.

Qui est-elle ? Qui la connaît ? Est-ce une étrangère ? Est-ce une princesse ? Est-ce une petite dame ?

Toutes ces questions restaient sans réponse... Nul parmi ces oisifs, ces viveurs qui couraient tout Paris ne pouvait dire qui était, d'où venait cette nouvelle étoile qui apparaissait...

— Son nom, s'écria Thouret, nous l'ignorons, mais son surnom, je le connais ; regardez-la et dites-moi si elle ne le mérite pas. Elle s'appelle ... Mademoiselle Bleu d'Azur...

— Son nom, je l'ignore, dit Thouret; mais son surnom, c'est Bleu d'Azur.

Toilette de course sortant des grands magasins du *Pauvre Jacques.*

Comme une traînée de poudre le mot circula... Un quart d'heure après, le plus mince spectateur des courses n'eût pas appelé autrement la jeune femme qui, insouciante en apparence de la curiosité qu'elle soulevait, promenait dédaigneusement sa lorgnette tantôt sur la foule, tantôt sur la piste, tantôt sur les tribunes où bien des lèvres roses essayaient de dissimuler sous un rictus de mépris le dépit qui les faisait trembler de colère.

La cloche qui annonçait la course du Cars vint faire un moment diversion. Tous les sportsmen rappelés à leur devoir se précipitèrent au départ : cette course, du reste, présentait un intérêt tout spécial, le comte Octave de Roy avait parié des sommes insensées sur son cheval Vol-au-Vent, et il le montait lui-même.

Assez difficile au début dans son canter, Vol-au-Vent, après avoir essayé de désarçonner son écuyer, réalisa tout ce que son maître attendait de lui, il arriva beau premier de deux longueurs.

— Messieurs, dit le comte en descendant de cheval, aux jeunes gens qui l'entouraient et le félicitaient, je vous invite tous à souper au Grand-Seize...

— Accepté, dirent les turfistes... '

— Allons, dit le baron de Romain, cela nous fait deux héros aujourd'hui : le comte et Bleu d'Azur.

— Bleu d'Azur, dit M. de Roy.

— Ah! au fait c'est juste, reprit Thouret, pendant que tu passais ta casaque, nous avons, nous, découvert la plus adorable femme inconnue...

— Inconnue!... où est-elle?... s'écria le comte qui encore tout énivré de son triomphe ne doutait de rien... Inconnue?.... alors je vous l'amènerai souper avec nous ce soir.

— Ah! Parfait! idéal ! le comte croit qu'on dompte les femmes comme les chevaux... fit le vicomte de Fortin.

— Mon cher vicomte, riposta M. de Roy, vous ne pouvez pas parler de ces choses-là; vous n'avez, vous, c'est connu, dompté jamais ni femmes ni chevaux... mais moi, c'est bien différent...

Et tournant prestement sur ses talons :

— Allons voir Bleu d'Azur, dit-il...

GRANDS MAGASINS
DU
PAUVRE JACQUES
Place du Château-d'Eau
PARIS

SOIERIES NOIRES

Le SÉDUISANT, le DRAP DE SOIE du Pauvre Jacques

La soie noire est une étoffe reine dont la mode ne passe jamais et qui s'impose toujours comme indispensable aux femmes les plus élégantes comme aux femmes les plus modestes.

Une robe de soie noire est le fond sur lequel repose la toilette des dames; elle constitue à la fois une mise habillée ou une mise modeste selon les détails qui l'accompagnent. C'est pourquoi les femmes ne sauraient apporter trop de soins dans le choix des soieries noires.

Parmi l'innombrable quantité d'étoffes de soie créées à Lyon et qui ne sont vendues qu'à Paris, il en est deux qui se sont spécialement imposées à l'attention et qui par leur qualités se sont rendues indispensables : ce sont le *Séduisant* cachemire de soie, et le *Drap de soie du Pauvre Jacques* fabriqués exclusivement pour les magasins du *Pauvre Jacques* avec les plus belles soies des Cévennes.

Comme brillant, comme solidité, comme bon marché, ces deux merveilleuses étoffes se sont fait une réputation européenne.

II

PARI GAGNÉ

On s'amusait beaucoup le soir du même jour au Grand-
Seize.

Le comte avait tenu sa promesse, et dix jeunes gens à
table à une heure du matin, se livraient aux folies abraca-
dabrantes qui sont bien excusables, quand on a dans l'esto-
mac d'innombrables verres de Moet et de Rœderer.

On criait, on riait, on chantait, on cassait même un peu
la vaisselle, mais qu'importe, ce sont les plaisirs de la
jeunesse dorée.

Deux personnes seules manquaient à la fête : le comte
et Bleu-d'Azur.

A minuit on avait reçu un mot de M. de Roy qui disait :
— Mettez-vous à table sans moi, j'arriverai avant que vous
n'ayez fini de souper et je n'arriverai pas seul.

— Il est battu, avait dit M. de Fortin.

— Je parie que non, avait fait Thouret.

Et là-dessus on avait parié, les uns pour le succès, les
autres pour l'insuccès du comte.

Las de parier, on s'était mis à table... et je vous jure
que l'on s'amusait.

Au dessert venaient de succéder le café et les liqueurs
et les conversations avaient pris l'allure qu'elles prennent
toujours à pareille heure... On racontait des histoires
qu'on n'écoutait pas, on écoutait des mots spirituels qui
ne finissaient pas; quand soudain, profitant d'une accalmie,
au milieu de ce tumulte, le vicomte de Fortin se leva;

— Messieurs, dit-il, je propose un toast.

— Pourvu qu'il soit court...

— Et bon...

— Et spirituel...

— C'est beaucoup demander, dit Thouret.

— Un toast, répéta le vicomte... Il est deux heures et demie ; je tiens à constater que le comte a échoué dans son entreprise... et je propose un toast à notre amphitryon vaincu.

M. de Fortin avait à peine achevé de parler que la porte du salon s'ouvrit à deux battants et qu'un garçon annonça d'une voix retentissante :

— Mlle Bleu-d'Azur et M. le comte Octave de Roy.

**
*

Là chose n'en valait peut-être pas la peine, mais tous les jeunes gens se levèrent en poussant un formidable : Hurrah !

Au bras du comte, mise avec la même simplicité élégante qu'on avait admirée aux courses, Mlle Bleu-d'Azur entrait dans le Grand-Seize.

— Madame, dit M. de Roy en désignant les jeunes gens qui avaient déserté la table et se groupaient autour des nouveaux arrivants, je vous présente quelques-uns de mes amis. — Messieurs, continua-t-il en désignant la jeune femme, Mlle Bleu-d'Azur...

Les dix viveurs, y compris M. de Fortin, saluèrent comme un seul homme.

— Messieurs, dit d'une voix harmonieuse et admirablement timbrée notre héroïne, en acceptant le fauteuil que lui présentait le comte, vous aviez fort envie, paraît-il, de me connaître, je vais vous dire qui je suis.

GRANDS MAGASINS
DU
PAUVRE JACQUES
Place du Château-d'Eau

SOIERIES NOUVELLES

Je ne sais rien de plus riche que ces étoffes de soie de couleurs unies où l'art du tisseur semble avoir épuisé toute la gamme des tons connus; et qui conviennent aussi bien pour robes de ville, en nuances mi-claires et foncées, que pour robes de bal, théâtre, soirées, en nuances claires; je ne sais également rien de plus élégant pour toilette de ville que les soieries dites de fantaisie où semble naître une infinité de dessins chatoyants et toujours nouveaux.

Les magasins du *Pauvre Jacques* ont la spécialité des assortiments complets en ces deux genres. En face de ces poults de soie, de ces brocatelles, de ces taffetas, de ces pékins satinés, rayés, quadrillés, brochés, à fond noir, ou blanc ou de couleur, on a de la peine à faire un choix.

Ces étoffes sont vendues à un bon marché incroyable et chaque saison, néanmoins, les assortiments sont entièrement renouvelés et font place à un amoncellement de marchandises où la variété seule des dispositions peut lutter contre leur nouveauté.

Les soieries riches pour costumes et le choix si varié comme nuances des poults de soie pour robes de jeunes filles, est vraiment digne d'attention.

III

RÉCIT DE BLEU D'AZUR

En prononçant ces mots, les yeux de Bleu-d'Azur avaient jeté comme un éclair de flamme et son regard devenu subitement sévère et dur semblait vouloir pénétrer jusqu'au fond de la conscience des dix jeunes gens qui l'entouraient...

Mais presqu'immédiatement, sa physionomie reprit son expression charmante et c'est en souriant qu'elle continua :

— Mon Dieu, fit-elle, en se pelotonnant comme une chatte dans son fauteuil après avoir trempé ses lèvres dans une coupe de moët que Thouret lui avait présentée, mon histoire est bien simple et je n'ose guère espérer qu'elle vous intéresse beaucoup...

— Oh! firent en chœur les dix viveurs!

— Mais elle a du moins deux mérites; elle est vraie et courte... Et puis, j'ai su, paraît-il, vous inspirer quelque intérêt, j'ai donc bien lieu d'espérer de votre courtoisie un peu d'indulgence.

Et ces quelques phrases avaient été débitées avec un ton ironique, un accent de persifflage que n'eût pas désavoués la plus spirituelle de nos comédiennes à la mode... Aussi, ces dernières paroles furent-elles accueillies par un murmure approbateur auquel la jeune femme répondit par une mutine inclination de tête, qui pouvait rigoureusement passer pour un remercîment.

— Messieurs, continua Bleu-d'Azur, je suis une bonne fille et j'ai fort envie de m'amuser. J'ai vingt ans, je n'ai

jamais quitté la campagne, j'ai été sage jusqu'à aujour-
d'hui, mais tout lasse, même la campagne et la sagesse ;
on m'a dit que Paris était la ville du monde où l'on s'amusait le mieux, j'y suis venue et j'y apporte, en outre d'une
jolie figure, une immense envie de me distraire et d'oublier les longues années d'ennui que je viens de subir.

— Nous vous y aiderons, Madame, s'écria chaleureuse-
ment le comte de Roy...

— J'y compte bien, riposta la jeune femme... mais je
vous avertis d'avance que vous aurez fort à faire... Je suis
disposée à user, à abuser de tous les raffinements de la
haute vie parisienne ; je veux tout voir, tout essayer, tout
connaître... je suis jeune, j'ai de l'or, j'ai dix ans de
beauté devant moi, je veux en ces dix ans avoir vécu dix
vies... Je ne suis à Paris que depuis quelques jours, mais
j'ai déjà entrevu tout ce qu'on y pouvait faire quand on est
comme moi riche, belle et sans préjugés... j'ai dans la
tête un monde de désirs inassouvis et de passions bouil-
lantes. Messieurs, je me suis promis d'être avant un mois
la femme la plus à la mode de Paris, vous verrez si je me
tiens parole... surtout, ajouta la jeune femme avec un
indéfinissable sourire, si vous voulez m'y aider...

— Oh ! madame, s'écrièrent simultanément tous les
convives de M. de Roy ! séduits par le charme inexplicable
qui s'exhalait de cette inconnue.

Et les plus enthousiastes des jeunes gens s'étaient déjà
levés et se préparaient à faire à l'étrange femme des offres
plus explicites de leurs services, quand, d'un geste, Bleu
d'Azur les invita à se rasseoir...

— Je n'ai pas terminé, dit-elle... Il me reste à vous
apprendre comment une petite campagnarde telle que
moi a été amenée à prendre la résolution dont je vous

parlais tout à l'heure... J'avais une sœur, continua-t-elle.

Mais ces mots, comme si la jeune femme eût été sous l'empire d'une violente émotion, sortirent presque indistincts de sa gorge... Elle s'arrêta un instant, les sourcils froncés, pâle, oppressée... Et ce même regard noir que nous avons signalé un peu auparavant, jaillit de ses yeux bleus... Soudain, elle sembla prendre une résolution énergique et ramenant sur ses lèvres son amer et ironique sourire :

— J'avais une sœur, répéta-t-elle, sans que sa voix tremblât, mais avec un ton plus sérieux, une adorable créature... Nous étions orphelines et nous habitions ensemble avec une vieille gouvernante, une propriété que notre père nous avait laissée... Andrée avait un an de moins que moi, mais elle était si enfant que je lui servais de mère; isolée comme je l'étais, avec mon imagination ardente, il me fallait un objet sur lequel se reportât ce trop plein d'affections qui existait en moi... je me vouai à cette mignonne tête; je l'adorai, je l'adulai;... ses caprices étaient des ordres; ses désirs étaient accomplis avant d'avoir été exprimés... je lisais dans ses yeux ce qu'elle voulait... Grâce à elle, j'oubliais ma solitude et je me prenais à désirer que cette vie n'eût jamais de terme, tant l'amour que je portais à cette enfant remplissait mon existence. Pour Andrée, j'aurais fait toutes les folies; de la part d'Andrée je les comprenais toutes... Cette ange était ma vie, mon bonheur; et souvent je me disais en passant la main dans ses blonds cheveux : si elle venait à mourir, je mourrais... C'était plus qu'une affection fraternelle, c'était le dévoûment d'une mère, l'amour sérieux d'un père... Ah ! Messieurs, s'écria Bleu d'Azur avec une crois-

sante exaltation, si vous souriez, c'est que vous n'avez pas
de cœur, c'est que, parmi vous...

Comme si elle eût été soudain rappellée à elle-même, la
jeune femme passa la main sur son front et s'interrompit...

Elle était adorablement belle ainsi, les yeux dans le vague, la bouche empreinte d'un navrant sourire, la main
frémissante et le sein tumultueusement soulevé par ses
souvenirs...

— Un jour, continua brusquement l'inconnue, en m'é-
veillant un matin, je cherchai ma sœur, elle n'était plus
là... Sur la table de nuit, il y avait un billet... quelques
mots seulement... « Je pars... je l'aime... pardonne-
moi... » Je ne me souviens plus de ce qui se passa à cet
instant-là... on m'a dit qu'une fièvre cérébrale me retint
sans connaissance deux mois au lit... La douleur ne tue
pas, à ce qu'il paraît, puisque j'ai vécu, puisque je vis...
et depuis ces événements un an s'est écoulé, un an sans
nouvelles... Il y a dix jours je reçus une lettre, elle était
d'Andrée... je fus sur le point de m'évanouir... Autant
que je pus lire à travers mes larmes, je vis qu'elle était
malade et qu'elle m'appelait, je cherchai l'adresse et je par-
tis... quand j'arrivai, ma sœur se mourait un peu de
misère, beaucoup de chagrin... L'homme pour lequel elle
m'avait quittée, l'homme qui avait séduit cet ange l'avait
abandonnée sans pitié, en un mot, il l'avait tuée... Elle
mourut dans mes bras, après m'avoir raconté son histoire et
sans avoir voulu — la pauvre chère créature — me nommer
celui qui l'avait trompée... Eh bien ! moi je dis que, quelqu'il soit, c'est un lâche... N'êtes-vous pas de mon avis,
messieurs ?...

Un peu étonnés de la tournure qu'avait pris cet entretien, les jeunes gens étaient peu à peu tombés sous le

charme de ce récit simple et touchant, dit avec une merveilleuse habileté. Quelques-uns mêmes avaient le cœur serré... mais à la virulente apostrophe où la jeune femme les prenait à partie, ils revinrent à eux-mêmes, et enchantés d'avoir une occasion de rompre le charme qui pesait sur eux et de faire en même temps la cour à Bleu d'Azur, ce fut de tous les coins du salon une explosion d'indignation...

— Un misérable !

— Un drôle !

— Un polisson !

— Un paltoquet ?

— On devrait crosser à coups de pied les gens de cette espèce...

Et les épithètes tombaient dru comme grêle sur la tête du séducteur de la sœur d'une aussi séduisante femme.

Bleu d'Azur écoutait ce flot de paroles avec un singulier sourire et semblait chercher à lire sur toutes ces physionomies. Soudain, au moment où, s'excitant les uns les autres, l'indignation des viveurs avait atteint les dernières limites du lyrisme, la jeune femme se rejetant en arrière dans son fauteuil, laissa s'échapper le plus franc éclat de rire qui ait jamais résonné dans le Grand-Seize.

Les jeunes gens s'arrêtèrent immédiatement... et se regardèrent d'un air ahuri...

— Ah ! mes chers bons, s'écria Bleu d'Azur, avec un accent sarcastique, assez, assez, ou vous me ferez mourir... Vous êtes tous adorables ; tous, tous, ajouta-t-elle entre deux hoquets de gaîté ; comme au théâtre, tous !... Comment, vous, la fine fleur des pois des viveurs, vous vous êtes laissé prendre à ce conte bleu !... J'en rougis pour vous... Comment, vous n'avez pas compris que la

petite campagnarde essayait ses forces en se moquant de
vous et en vous faisant poser; ...Ah! je suis fière de mon
succès... Est-ce que j'ai l'air d'une maman, d'une pleu-
reuse?... Allons donc!... oui, ma sœur a été séduite,
et en est morte... En somme ce n'est pas de ma faute...
J'y ai puisé une leçon: C'est qu'il ne faut pas se laisser
séduire, mais séduire les autres... Voilà la morale de
l'histoire... C'est égal, vous m'avez bien amusée, messieurs, avec votre indignation.

Les dix jeunes gens se demandaient s'ils devaient se
fâcher ou rire de leur déconvenue, quand soudain se déta-
chant du groupe piteux qu'ils formaient, le vicomte de
Fortin s'avança vers Bleu d'Azur...

— Ma foi, madame, dit-il gaiement, comme j'ai été pris
à votre histoire l'un des premiers, je ne veux pas être des
derniers à vous faire mes compliments sur vos talents de
comédienne...

— Je les accepte, répliqua la jeune femme,...

La glace était rompue, ce fut à qui chez les convives du
vicomte rirait maintenant et se moquerait de lui-même...

— Cette femme, dit tout bas Thouret à M. de Roy, sera
bien dangereuse, si elle est méchante...

— Oui, répondit le comte, qui semblait absorbé dans
ses pensées...

— Une question, madame, fit M. de Fortin... Tout
est-il faux dans ce que vous nous avez dit et devons-nous
considérer comme une plaisanterie l'intention que vous
nous aviez annoncée de faire connaissance avec les jouis-
sances de Paris?...

— Non, non, s'écria vivement la jeune femme... Je
veux vivre de cette vie fièvreuse que je rêve... et je vous

le répète, je compte sur vous pour faire de moi une des reines de l'enfer parisien...

Et saisissant sa coupe :

— Messieurs, dit-elle, rendez-moi raison... Je bois à moi, à Bleu d'Azur qui avant six mois vous aura fait tourner la tête à tous...

— Bravo, nous en acceptons l'augure, s'écrièrent les viveurs....

— Comte, dit la jeune femme en s'enveloppant de son châle, votre bras...

— Oh ! madame, jusqu'au bout du monde...

— Non, pas encore, répéta Bleu d'Azur, pour le moment jusqu'à ma voiture... je rentre seule...

Lorsque Bleu d'Azur entra dans son appartement, elle était pâle comme un linceul. D'un geste elle congédia sa femme de chambre qui se préparait à la suivre, puis elle se laissa tomber dans un fauteuil. Ses lèvres étaient blanches et de grosses gouttes de sueur perlaient à son front.

— C'est horrible, murmurait-elle comme en un rêve, je ne pourrai pas... je n'aurai jamais la force...

Puis soudain, comme sous l'empire d'une galvanisation morale, elle se leva et marcha vers un coin reculé de la chambre et tira un rideau qui voilait un portrait de femme. Au bas du cadre, il y avait ce seul mot : Andrée...

Bleu d'Azur le regarda longtemps, puis tout d'un coup, éclatant en sanglots et se laissant tomber à genoux :

— Sœur, s'écria-t-elle, pardonne-moi cette infâme comédie, mais je veux te venger... et j'y arriverai...

— Oh ! fit-elle en se relevant et en désignant le portrait, la regarder me donne de la force... Maintenant j'ai du courage... Pour poursuivre mon but, je sacrifierai tout, s'il le faut, mon honneur ; mais cet homme, je le veux, pour lui rendre toutes les douleurs qu'il a infligées à cet ange... Ah! les niais, s'écria-t-elle; il n'ont vu en moi qu'une femme qui se nomme le Plaisir... tandis que je m'appelle la Vengeance... Et dire que ce soir, continuat-elle, il était peut-être là et que je ne l'ai pas reconnu !... Ah ! je me roulerai dans toutes les boues de Paris, plutôt que de renoncer à trouver cet homme et à le punir comme il le mérite....

GRANDS MAGASINS

DU

PAUVRE JACQUES

PLACE DU CHATEAU-D'EAU

ÉTOFFES NOUVELLES DE FANTAISIE POUR ROBES

Les femmes possèdent à un degré souverain l'art du costume, c'est à cause de cette qualité qu'elles ont adopté pour toutes les saisons, ces étoffes ravissantes où la fantaisie s'est donné libre carrière.

Ce n'est plus alors l'étoffe en elle-même qui donne du prix au vêtement — non, ces tissus charmants sont d'un extraordinaire bon marché, — mais c'est la coupe et surtout la façon dont il est porté.

Pour vous énumérer la dixième partie de ces tissus, il faudrait un volume. Je me bornerai simplement à vous dire que les grands magasins du *Pauvre Jacques*, en vue de leurs intérêts et de ceux de leurs clientes, ont attaché un soin tout spécial à ce que les comptoirs des étoffes nouvelles de fantaisie abondent de jolies choses : le printemps, l'été, l'automne, l'hiver y sont représentés par des tissus charmants qui méritent leur nom : Étoffes nouvelles de fantaisie...

Elles sont toujours nouvelles, incessamment renouvelées et la fantaisie qui les crée semble infatigable.

IV

M. DE ROY

Environ trois semaines après les évènements que nous venons de raconter, un matin vers midi, M. de Roy se leva d'assez méchante humeur. Le temps était gris et son tailleur venait de lui apporter un pantalon qui allait mal : c'était plus qu'il n'en fallait pour justifier les déplorables dispositions dans lesquelles le comte sonna son valet de chambre pour se faire habiller.

— La correspondance de monsieur le comte, dit le domestique au jeune homme, quand sa toilette fut terminée, en lui présentant un plateau d'argent sur lequel s'entassaient un amas de lettres et de journaux.

Négligemment, du bout de ses doigts déjà gantés, M. de Roy éparpilla les papiers comme s'il eut cherché quelque chose.

— Rien, murmura-t-il en fronçant le sourcil... décidément elle est cruelle... Ah! encore! s'écria-t-il soudain en apercevant une petite enveloppe dont le papier peu élégant et l'écriture un peu lourde tranchaient singulièrement avec le vélin parfumé et l'écriture allongée de ses voisines... Encore et toujours !... Décidément est-ce qu'elle croit que cette fantaisie sera éternelle.

Et brisant le cachet presque violemment, il lut :

— « Mon Antoine adoré »... — naturellement — « j'ai
» été hier encore à ta petite chambre de la rue des Deux-
» Ecus et j'en suis sortie désespérée, tu n'y étais pas »...

— Ah! en voilà assez, ma belle, s'écria-t-il en froissant la

lettre. Antoine, l'ouvrier imprimeur, est mort... j'ai aujourd'hui bien autre chose en tête et une autre fantaisie
dans le cœur, que celle qui m'a poussé à cette folie de
carnaval... Une fantaisie, ajouta-t-il, en se promenant à
grands pas dans l'appartement, c'est plus qu'une fantaisie,
c'est bel et bien une passion.... une passion qui tous les
jours devient de plus en plus violente parce que je ne puis
l'assouvir. Moi, amoureux, comme un collégien, à vingt-huit
ans ; moi amoureux et de la plus infernale créature que
j'ai jamais rencontrée... Ah! mais je ne suis pas vaincu
et aujourd'hui même, il faut...

Il s'interrompit un instant, réfléchit...

— C'est bien cela, murmura-t-il comme s'il venait de
prendre une résolution énergique... A nous deux, Bleu
d'Azur...

Trois heures après, le comte qui venait de déjeûner au
Café anglais se faisait annoncer chez notre héroïne...

M. de Roy était absolument et des pieds à la tête ce que
l'on est convenu de nommer un homme DISTINGUÉ, un
mot bête mais qu'il faut bien admettre, puisque tout le
monde le comprend et l'emploie ; jeune encore, il avait
mené et menait encore grande vie, mais comme il était fort
spirituel, il avait eu l'intelligence de ne consacrer que les
revenus de son immense fortune à la satisfaction de ses
goûts, de ses caprices et de ses fantaisies. Froid, compassé,
presque blasé, lorsque une femme éveillait ses sens, ou
lui inspirait une envie par quelque chose d'extraordinaire,
il n'avait pas son égal, pour jouer la passion et arriver à
son but. Du reste il ne reculait devant rien pour satisfaire
ses désirs, aussi lui connaissait-on d'innombrables bonnes
fortunes. Dans ses moments d'expansion, moments assez
rares, il se vantait de n'avoir jamais aimé une femme et

de n'en avoir jamais rencontré qui lui résistât. Après tout c'était peut-être de la fatuité, mais qui sait...

Dans tous les cas les femmes étaient bien vengées, car depuis trois semaines ce viveur blasé qu'émouvaient à peine les ragoûts pimentés de la passion, était amoureux et celle qui était parvenue à échauffer ce bloc de marbre repoussait cet amour ou du moins avait jusqu'à présent dédaigné ce triomphe rêvé en vain par tant d'autres.

En une nature comme celle du comte, une résistance devait exaspérer jusqu'à la passion la plus folle le plus simple des caprices... C'est ce qui était arrivé. L'étrangeté de Bleu d'Azur l'avait séduit; il s'était dit: j'aurai cette femme. Si elle se fût donnée à lui, il l'eût oubliée le lendemain; elle lui avait résisté et il en était arrivé à s'avouer qu'il ne pouvait vivre sans elle et à afficher son amour aux yeux étonnés de tout Paris.

Bleu d'Azur en effet s'était tenu parole; elle était une des femmes les plus élégantes et les plus à la mode de ce monde Parisien qui vit au bois, au théâtre et dans les grands restaurants des boulevards. On parlait de ses équipages, de son luxe; autour de sa voiture elle avait un cortège d'adorateurs et les petits journaux lui consacraient des chroniques et citaient ses bons mots. Ce qui avait mis le comble à son succès, c'est qu'on avait appris d'elle des traits merveilleux de bonté et qu'on ne pouvait dire quel était son amant: toutes choses assez peu ordinaires pour être remarquées autour du lac.

Au moment où on annonça M. de Roy à Bleu d'Azur, la jeune femme était occupée à causer avec une jeune fille, une ouvrière de seize ans environ qui venait de lui apporter une superbe parure de dentelles.

Il est impossible d'imaginer rien de plus doux, de plus candide que cette enfant blonde dont la physionomie reflétait tous les rêves de printemps unis aux mélancoliques pensées de la jeune fille qui souffre...

Séduite par ce visage, Bleu d'Azur avait interrogé l'ouvrière qui bientôt était tombée sous le charme qu'exhalait notre héroïne. L'enfant avait raconté sa vie... Il faut croire que ce n'était point une histoire banale, car peu à peu la jeune femme s'était rapprochée de l'ouvrière et lui avait pris les mains...

— C'est étrange, murmura-t-elle en essuyant ses yeux humides, quand la jeune fille eut terminé son récit...

Puis, après un instant de réflexion...

— Comment vous appelez-vous, Mademoiselle?...

— Antoinette Juliard, madame.

— Eh bien, mademoiselle, revenez me voir, j'aurai à vous parler... ayez confiance et prenez courage.

En achevant ces mots, elle se leva et sonna.

— Reconduisez mademoiselle, dit Bleu d'Azur, au valet de chambre qui se présenta et introduisez M. le comte...

La jeune fille avait à peine quitté l'appartement depuis quelques secondes, quand un cri perçant se fit entendre...

— Qu'est-ce que cela, pensa la jeune femme?

Et entr'ouvrant précipitamment la porte du boudoir, elle aperçut Antoinette qui traversait, en s'enfuyant, le grand salon, où attendait le comte, et se cachait la tête entre ses mains...

M. de Roy, lui, était très-pâle, quoique toujours calme en apparence, mais sur sa physionomie contractée on lisait un étonnement profond mêlé de colère...

— Qu'y a-t-il donc, demanda Bleu d'Azur, d'où vient ce cri?... pourquoi cette enfant s'enfuit-elle?

A cette question que lui adressait la jeune femme, le comte qui des yeux suivait Antoinette se retourna.

— C'est ce que j'étais en train de me demander moi-même, Madame, répondit-il... Cette enfant passe à côté de moi, elle pousse un cri et s'enfuit... Pourquoi ? C'est ce que j'ignore et vous me trouvez encore tout étonné de cet incident.

Pendant que M. de Roy parlait, Bleu d'Azur le regardait bien en face, comme pour épier ce qui se passait en lui. Mais, dès les premiers mots, la physionomie du jeune homme avait repris son expression impénétrable...

— Allons, fit Bleu d'Azur, d'un ton qu'elle s'efforça de rendre dégagé : cette enfant est folle... n'y pensons plus... Voulez-vous passer dans mon boudoir, mon cher comte ?

— Ayez confiance en moi, mon enfant.

Toilette d'ouvrière sortant des grands magasins du *Pauvre Jacques.*

Robe de chambre en cachemire d'Orient sortant des magasins du *Pauvre Jacques.*

GRANDS MAGASINS
DU
PAUVRE JACQUES
Place du Château-d'Eau

LAINAGES UNIS POUR ROBES

J'aime beaucoup la fantaisie qui a bien son charme, surtout en fait de nouveautés... Mais, il faut bien l'avouer, la fantaisie n'est pas éternelle : son nom le dit, elle est essentiellement variable... Aussi conseillerai-je très-franchement aux dames l'usage des lainages de couleurs unies ou des beiges, ton mélangé, pour robes et costumes.

On trouve réunis dans ces étoffes l'utile et l'agréable...

Elles sont, comme tissus, excellentes et de très-longue durée, et de plus, elles offrent les nuances les plus fines, les plus délicates et les plus solides.

C'est peut-être moins chatoyant à l'œil, moins séduisant, mais ce tissu offre des garanties que n'offre pas toujours la fantaisie...

Les magasins du *Pauvre Jacques* font constamment fabriquer des étoffes d'une solidité exceptionnelle et dont les nuances sont variées à l'infini.

La femme qui sait s'habiller trouvera certainement là la couleur de la robe qu'elle a rêvée et elle n'aura certainement pas à regretter les services qu'elle lui aura rendus.

V

LA DÉCLARATION

La causerie de M. de Roy et de Bleu d'Azur errait depuis quelque temps sur les mille sujets frivoles et banals qui sont le fond de toute conversation parisienne, quand tout d'un coup, le comte rapprocha son fauteuil de l'ottomane sur laquelle notre héroïne était étendue et lui prenant la main :

— Voulez-vous, Madame, lui dit-il, que nous causions sérieusement?

— Pourquoi pas? répondit avec un sourire la jeune femme.

— Et franchement?

— Je le veux bien...

— Madame, continua le comte après avoir réfléchi un instant, vous êtes adorablement belle...

— Je le sais.

— Et vous avez de l'esprit...

— On me l'a dit.

— Vous avez plus que de l'esprit, vous avez de l'intelligence, c'est pourquoi, laissant de côté toutes les voies détournées, tous les petits chemins de traverse que l'on prend en pareille circonstance, je vais vous parler nettement, brutalement... me le permettez-vous?

— Je vous écoute.

— Je vous aime comme un fou... j'ai cent mille francs de rente, voulez-vous être ma maîtresse? — Oh! avant de me répondre, continua le comte, laissez-moi m'expliquer; je ne vous ferai pas de déclaration banale et bête; je ne

vous offrirai pas ma fortune, elle est à vous, si vous le
voulez, mais je vous dirai que si jamais vous avez dé-
siré être aimée ardemment, vous le serez par moi. Vous
êtes la première femme que j'aie réellement et sincère-
ment adorée, laissez-moi faire de vous une femme heureuse, la plus heureuse de toutes... Jusqu'à ce jour, j'ai
joué à l'impassibilité ; à cette heure, regardez-moi, mon
cœur bat, ma main tremble, j'ai l'air d'un enfant et j'attends votre réponse avec toutes les angoisses d'un amoureux de quinze ans. Soyez bonne, Madame, tendez-moi la
main et dites-moi : espérez... Depuis que je vous connais,
je vis dans un enfer ; je vous suis, je marche dans votre
ombre, attendant un mot, un regard, et vous semblez
prendre à tâche de ne pas deviner les sentiments qui
bouillonnent en moi et vous me traitez en indifférent...
moi !... moi qui vous aime tant... mais, tenez, j'avais
mille choses à vous dire, je m'étais promis aujourd'hui de
vous parler de telle façon que vous auriez été forcément
émue et... je ne sais plus... je ne peux pas... Sous
votre regard, mes idées se troublent et j'ai peur... j'ai
peur de votre réponse...

M. de Roy était-il réellement ému ? Peut-être... Dans
tous les cas, il en avait l'air... Et cette émotion réelle ou
factice lui seyait à merveille, il était vraiment beau...

— Monsieur le comte, répondit Bleu d'Azur qui avait
écouté le jeune homme, sans faire un mouvement, vous
êtes fort joli garçon...

— Madame, fit M. de Roy...

— Vous êtes riche et vous avez de l'esprit...

— Madame.

— Vous avez plus que de l'esprit, vous avez de l'intelligence... C'est pourquoi je m'étonne qu'avec toutes ces

qualités vous m'ayez aussi mal jugée... En quoi et comment, continua Bleu d'Azur en imposant d'un geste silence au comte, vous ai-je donné le droit de me faire une proposition infâme?... Votre maîtresse? Mais quel a donc été mon amant jusqu'à ce jour, pour que vous vous croyiez autorisé à venir chez moi, mettre à mes pieds votre fortune et votre cœur?. Ma conduite vous y a-t-elle encouragé?... Monsieur le comte, j'ai vingt-deux ans, je suis riche, je ne dépends de personne; il me plaît à moi de vivre à ma façon, de rompre avec les habitudes et les préjugés de l'existence ordinaire; je suis originale, moi, s'en suit-il que je sois une fille perdue?... Je vous le répète, je m'étonne et je regrette que vous m'ayiez mal jugée... Non, monsieur de Roy, fit en terminant Bleu d'Azur et en soulignant ces derniers mots d'un indéfinissable regard et d'un geste écrasant de mépris: — Non, je ne serai pas votre maîtresse...

— Oh! c'en est trop, s'écria le comte qui dévorait du regard la jeune femme que l'émotion et la colère rendaient cent fois plus belle, — non, vous ne serez pas ma maîtresse, mais voulez-vous être ma femme?

— Peut-être... répondit Bleu d'Azur.

GRANDS MAGASINS
DU

PAUVRE JACQUES
Place du Château-d'Eau

ÉTOFFES POUR DEUIL

La toilette d'une femme présente quelquefois des diffi-
cultés dont on ne se rend pas un compte exact.

Et la dame qui veut porter le deuil d'une façon rigoureuse en suivant l'étiquette adoptée par l'usage, se trouve
parfois fort embarrassée et se demande si elle peut adopter
telle ou telle étoffe, à tel ou tel moment de son deuil.

Les magasins du *Pauvre Jacques* ont songé à cela. Ils
ne se sont pas contentés d'accumuler dans leurs rayons
toutes les variétés de tissus consacrés aux toilettes de deuil,
ils les ont disposés par degrés : — Là, le grand deuil ;
ici, le demi deuil ; plus loin, les étoffes intermédiaires qui
permettent de sauver les apparences, tout en songeant à
l'élégance.

De plus, ils ont fait une innovation heureuse. A ces
rayons, les dames peuvent demander tous les renseignements nécessaires sur ce qu'elles doivent porter en fait
d'étoffes, selon le deuil qu'elles ont à observer ; elles sau-
ront immédiatement à quoi s'en tenir sur les tissus et les
nuances qu'elles peuvent choisir, tout en restant dans les
lois de la plus rigoureuse étiquette.

VI

ANTOINE L'IMPRIMEUR

La rue des Deux-Ecus n'est point une rue élégante, mais c'est comme toutes les voies très-fréquentées, une rue très-commode pour les gens qui tiennent à ne pas être remarqués.

Deux heures après l'entrevue que nous venons de raconter, un homme vêtu en ouvrier descendit de voiture au commencement de cette rue, et se dirigea fièvreusement vers un des hôtels garnis qui affluent dans ce quartier.

Il causa quelques instants avec la maîtresse de l'établissement, prit sa clef, monta rapidement au troisième étage et entra dans une petite chambre sommairement meublée d'un lit, d'une table, d'un fauteuil en velours rouge et de trois chaises bleues. Au mur, étaient suspendues quatre lithographies ayant la prétention de représenter l'histoire de Mazeppa. Sur la cheminée une horrible pendule dorée, flanquée de deux vases sous-globe... sous globe! utile précaution pour préserver de la poussière ces objets d'art.

A peine entré dans ce logis, le jeune homme se laissa tomber dans le fauteuil.

— Viendra-t-elle, murmura-t-il; il faut cependant que je la voie...

Si l'un des habitués du café anglais eût pu regarder le locataire du n° 31, il eût été certainement fort étonné de reconnaître sous ce pantalon de coutil, cette blouse et ce chapeau rond, l'élégant comte de Roy.

C'était cependant bien lui.

Un jour, en flânant sur le boulevard, le viveur avait rencontré une jeune fille dont la figure naïve et candide l'avait frappé. Impossible de se méprendre à la physionomie de cette enfant, elle était honnête. Essayer de la séduire par les moyens ordinaires eût peut-être été inutile..., et puis c'était banal. Le comte s'ennuyait, il résolut de s'offrir une distraction originale : il suivit l'ouvrière en se dissimulant, puis, quand il sut où elle travaillait, il établit son plan d'attaque. Une heure après, il connaissait le nom de la jeune fille et les renseignements qu'on lui avait donnés étaient loin de le décourager de son projet. Antoinette Juliard avait seize ans et était sage. Une perle fine, quoi !

Dès le soir même, habillé en ouvrier, il attendait l'enfant à la sortie de son magasin. Dès le lendemain, il louait rue des Deux-Ecus une chambre dans un hôtel dont, moyennant quelques louis, la maîtresse était tout entière à sa dévotion, et quinze jours après, prise aux belles paroles, aux promesses dorées du soi-disant ouvrier imprimeur, Antoinette succombait. Cela dura quelques mois. Cette comédie amusait le comte, et puis la jeune fille était belle, belle de sa jeunesse, de sa candeur, de sa beauté.

Mais peu à peu, fréquentes au début, les entrevues des deux amants devinrent plus rares ; puis, quand M. de Roy eut connu Bleu d'Azur, elles cessèrent presque complètement. La passion avait tué le caprice chez lui, mais Antoinette, la douce et pauvre enfant, souffrait de cet abandon qui faisait crouler tout son échafaudage de rêves.

Il y avait déjà longtemps que le comte n'avait pas vu l'ouvrière, et il était bien décidé à ne plus la voir, quand la rencontre fortuite d'Antoinette chez Bleu d'Azur vint changer tous ses projets.

Il fallait savoir comment l'enfant se trouvait là, et éviter à tout prix qu'elle causât.

M. de Roy était l'homme des résolutions énergiques, il eut bientôt décidé ce qu'il voulait faire ; une dernière fois il revêtit le costume d'ouvrier, grâce auquel il avait trompé sa jeune maîtresse, et, après lui avoir donné un rendez-vous immédiat et pressant, il se rendit rue des Deux-Écus.

Il était dans la petite chambre depuis une demi-heure environ, quand la jeune fille arriva, pâle, émue, oppressée.

Le comte la prit dans ses bras, mais elle le repoussa.

— Vous m'avez trompée. Vous ne vous appelez pas Antoine Moreau et vous n'êtes pas ouvrier. Ce vêtement que vous portez, continua-t-elle avec violence, n'est pas à vous, vous l'avez pris pour m'abuser. Ah ! vous devez être bien fier de votre œuvre. Vous, un grand seigneur, s'abaisser à mentir, c'est lâche, c'est lâche !

Et épuisée par son émotion, la pauvre enfant se laissa tomber sur une chaise en sanglotant.

Le comte était trop habile pour essayer en ce moment une justification impossible. Il attendit que la crise se calmât un peu.

— Et moi qui vous aimais tant, continua l'enfant, moi qui avais tant de confiance en vous ! Ah, je comprends maintenant pourquoi depuis un mois je ne vous ai pas vu. Vous aviez sans doute quelqu'autre femme à perdre, à tromper, à duper, à désespérer. Mais je me demande, moi, dans quel but vous avez fait cela, pourquoi vous êtes venu vous mettre sur mon chemin. Que vous avais-je fait ?

— Antoinette, dit le comte avec sa plus douce voix en prenant les mains de sa maîtresse qu'elle lui abandonna, écoute-moi. Oui, je t'ai menti, oui, je ne suis pas ce que

je parais, oui, je ne m'appelle pas Antoine Moreau.... C'est
mal ce que j'ai fait, mais je t'aimais... Tu étais trop
honnête, trop pure pour écouter un homme qui ne pouvait
faire de toi que sa maîtresse aimée — et moi j'étais trop
amoureux pour renoncer à te posséder ; j'ai eu des torts,
mais ces torts ont une excuse, ma passion pour toi. Ne
pleure pas, ma chère petite, tu seras... nous serons
encore heureux tous les deux... et je réparerai, en partie
du moins, le mal que je t'ai fait, en te mettant à l'abri de
tous les ennuis. Dès demain...

— Oh! pas un mot de plus, s'écria la jeune fille en se
redressant, vous éteindriez en moi ce qui reste en mon
lâche cœur d'affection pour vous. Après m'avoir trompée,
vous m'offrez de m'acheter, c'est complet.

Pendant une heure, M. de Roy déploya auprès de sa
maîtresse tous les trésors de sa parole, toutes les séduc-
tions de sa personne, il voulait gagner sa cause, il la
gagna.

Il était pardonné, ce qui lui importait peu, mais il
n'avait pas encore touché un mot du silence qu'il avait à
demander à sa maîtresse — ce qui lui importait beaucoup.
Aussi ce fut du ton le plus dégagé qu'il demanda à Antoinette comment elle connaissait Bleu d'Azur.

L'enfant lui raconta ce qui s'était passé.

— Ah! pensa le comte, il était temps... Parviendrai-je
maintenant à l'empêcher de parler?

— Eh bien! fit-il tout haut quand elle eut terminé son
récit, puisque cette belle dame t'a dit de revenir, vas-y, mais
si tu m'aimes, si tu ne veux pas mettre ma vie en danger,
ne prononce jamais mon nom, ne laisse jamais soupçonner
que nous nous connaissons... Il y a là-dessous un mystère que je t'expliquerai plus tard... Elle te demandera

l'explication du cri que tu as poussé... dis que tu as été effrayée de me voir...

— Mais, fit Antoinette, chez laquelle ces recommandations faisaient naître des soupçons, pourquoi tenez-vous tant que cela à ce que cette jeune dame ignore que nous nous connaissons ?

— Parce que, chère enfant, reprit d'un ton grave le comte... ce que j'ai fait est mal, très-mal, et que je ne veux avoir à rougir devant personne... c'est assez de mes remords...

Ces paroles prononcées d'un accent convaincu, enlevèrent tout soupçon à l'innocente et naïve enfant, et elle promit tout ce que voulait M. de Roy.

— Allons, disait le comte en quittant sa petite chambre, le coup est paré et Bleu d'Azur ne saura rien.

GRANDS MAGASINS
DU
PAUVRE JACQUES
Place du Château-d'Eau

LES CORBEILLES DE MARIAGE

N'en déplaise aux pessimistes, il y a du bon dans le mariage... Et, comme disait un auteur fantaisiste, c'est souvent du choix de la corbeille que dépend le bonheur dans le ménage.

Or donc, il reste bien entendu qu'il faut la choisir avec beaucoup de goût et de discernement, ne pas s'arrêter court et ne pas aller trop loin ; éviter les deux excès : la prodigalité et l'avarice.

Le *Pauvre Jacques* n'a pas oublié les fiancées et grâce à ses soieries renommées, à ses dentelles idéales, et à ses cachemires merveilleux, il est en mesure d'offrir ce qui plaît toujours aux jeunes femmes et ce qui est de tradition dans la corbeille : Les robes de soies, les dentelles et les cachemires indispensables. Ces trois catégories d'objets choisies avec goût, il est bien rare que le reste ne plaise pas. Il en résulte souvent que si la corbeille obtient un vrai succès, c'est au *Pauvre Jacques* qu'elle le doit, n'oubliez pas cela ; jeunes fiancés !...

VII

QUESTION DE CŒUR

Madame Marie Durand (c'est sous ce nom que Bleu d'Azur avait loué son appartement de la rue St-Honoré) n'avait pas cru un mot des explications que lui avait fournies le comte sur l'effroi de la jeune ouvrière, elle avait bien deviné qu'il y avait quelque chose, mais, elle avait eu l'air de n'attacher aucune importance à cet incident ; en se réservant toutefois de l'éclaircir, mais en revanche, elle n'avait pas été étonnée le moins du monde de la déclaration et des propositions que lui avait faites M. de Roy. Depuis longtemps elle s'y attendait.

Du jour où, entamant son œuvre de vengeance, le hasard l'avait mise en relations avec le viveur, elle s'était, à son approche et à sa vue, senti envahir par une sorte d'instinctive répulsion. Mais ce n'était pas sur de vains et vagues pressentiments qu'elle pouvait agir, il lui fallait des preuves ; aussi se raidit-elle contre ce pressentiment, n'en laissa-t-elle rien paraître, et supporta-t-elle les assiduités du comte comme elle supportait celles de toute une cour d'adorateurs.

Jusqu'alors malgré ses efforts, aucun indice sérieux n'avait donné un but à ses recherches. Bien des fois, elle s'était cru sur la voie, et bien des fois elle avait été forcée d'abandonner la piste. Mais soutenue par son affection pour sa sœur, par son désir de retrouver ce séducteur jusque-là introuvable, elle n'avait pas désespéré. Elle s'était dit : Je veux trouver, je trouverai.

Le récit d'Antoinette l'avait frappée. Il y avait dans ce que lui avait raconté la jeune fille, certaines particularités, certaines circonstances qui lui avaient rappelé la façon dont Andrée avait été séduite, et c'est ce qui, indépendamment de l'intérêt réel que lui inspirait l'ouvrière, l'avai décidée à lui dire de revenir.

Au milieu de ce monde égoïste, et sacrifiant tout aux sentiments les plus superficiels, elle était restée bonne ; elle avait conservé cette exquise délicatesse de cœur qu'un rien flétrit et qu'on ne retrouve jamais. Adulée, adorée t entourée, célèbre, elle se sentait prise, à certains moments d'une profonde lassitude et d'un immense dégoût pour cette existence vide et brillante et pour les gens dans le milieu desquels elle vivait.

Alors dans ces moments, il lui fallait le souvenir de sa sœur, de son Andrée tant aimée, pour ne pas abandonner ses projets et renoncer à cette recherche que rien ne semblait devoir faire aboutir.

Parmi tous les jeunes gens qui lui faisaient cortège, un seul peut-être avait réussi à lui inspirer un peu de sympathie. C'était Thouret. Nature jeune, ardente, un peu enthousiaste, profondément honnête, il avait conservé, en dépit de l'existence décousue qu'il menait, toutes ses qualités natives. Dès les premiers jours de sa connaissance avec Bleu d'Azur, il se montra des plus assidus près d'elle, et peu à peu, à mesure qu'il la connut davantage et qu'il eut découvert en elle certaines qualités qu'elle dissimulait cependant, il eut bien vite compris qu'il n'était pas en face d'une femme ordinaire, et il professa pour elle un véritable enthousiasme. Bientôt les relations des jeunes gens devinrent plus intimes : la confiance s'établit et Bleu d'Azur se dévoila à son ami telle qu'elle était et le mit dans la confidence de ses projets.

— Vous êtes une adorable femme, dit ce jour-là Thouret, je vous avais bien jugée et je vous seconderai de toutes mes forces.

— Merci, répondit Marie, je l'espérais.

Le journaliste fut fidèle à ce pacte, il remua ciel et terre pour découvrir l'homme que cherchait Bleu d'Azur, mais il n'avait obtenu aucun résultat quand la jeune femme lui raconta ce que lui avait dit Antoinette.

— Nous sommes peut-être sur la voie, fit-il, mais il nous faudra agir avec beaucoup de prudence et surtout ne pas agir isolément. Avant tout, tenez-moi au courant de tout ce qui se passera et de tout ce que vous apprendrez.

— J'attends aujourd'hui même Antoinette, je vais tâcher de la faire parler ; revenez ce soir et nous agirons d'après ce que j'aurai appris.

— Allons, dit en riant Thouret, la chasse à l'homme commence... à ce soir. J'ai une idée que je vais appliquer immédiatement ; peut-être de mon côté aurai-je de nouveau à vous apprendre.

GRANDS MAGASINS
DU
PAUVRE JACQUES
Place du Château-d'Eau

DENTELLES

De tout temps, ce qui a le plus séduit les femmes, ce sont les dentelles et je comprends cela.

Elles offrent à l'œil quelque chose de vaporeux, d'idéal, de riche qui attire les yeux et ma foi, une jolie femme est toujours sûre d'être remarquée quand elle porte ces merveilleuses choses que produit aujourd'hui cette moderne Arachné, l'industrie.

Le *Pauvre Jacques*, qui pense un peu à tout et à tout le monde ne s'est pas contenté de réunir dans ses rayons les points d'Angleterre éblouissants, les dentelles de Lama, les dentelles des Indes, les dentelles de Chantilly aux dessins prestigieux, il y a joint ce que je me permettrai de nommer la dentelle économique telle que la Valenciennes pour garniture, les guipures de soie ou de laine, à des prix étonnants de bon marché.

Mais à côté de cela vous avez les châles, les paletots, les casaques, les tuniques, les fichus, les voilettes qui semblent avoir été tissées avec des rayons de lune — quand elles sont blanches, — avec des fils d'ébène, quand elles sont noires.

Les dessins en sont d'une richesse inouïe et même dans es dentelles à bon marché pour garnitures de robes, on trouve un choix considérable de dispositions nouvelles et complètement inédites, dont la propriété a été acquise par le *Pauvre Jacques*.

VIII

OÙ THOURET SE DESSINE

Rien n'est fort, rusé, roué, comme une femme qui aime pour la première fois, M. de Roy avait recommandé à Antoinette de ne rien laisser soupçonner de ses relations avec lui... la jeune fille tint parole. Quand, après deux heures de conversation et de causerie où Bleu d'Azur avait essayé par tous les moyens de connaître la vérité, elle quitta Marie Durand, pas une parole, pas un de ses gestes même n'avait pu laisser croire qu'elle connaissait le comte. Elle aimait Antoine ; — Antoine était blond — le comte était brun ; — Antoine avait le parler rude — le comte avait la voix douce ; — Antoine était même un peu brutal — le comte avait des manières exquises... Elle aimait son amant tel qu'il était, avec ses défauts et malgré son ingratitude et son oubli.

Elle eut des affectations de naïveté, des airs étonnés admirablement joués pour expliquer sa frayeur.

Le comte pouvait être content d'elle.

Quand Bleu d'Azur eut raconté à Thouret son entrevue avec la jeune fille, le journaliste qui avait écouté très-attentivement ce récit, se mit à sourire.

— Ah ! les femmes ! murmura-t-il... Leur naïveté, c'est encore de la rouerie... Ainsi, continua-t-il, vous êtes encore sur le point d'abandonner cette piste ?

— Mais, il me semble...

— Eh bien ! il vous semble mal... la jeune personne a menti... Mais, procédons par ordre ; voilà ce que j'ai fait. En vous quittant, j'ai été rue des Deux-Ecus, j'ai dé-

mandé M. Antoine Moreau, imprimeur. On m'a répondu
qu'il n'y était pas. Je suis entré dans la loge et au moyen
de deux louis, j'ai su qu'hier vers trois heures — c'est-à-
dire en vous quittant — il était venu et avait été rejoint par
Antoinette Juliard. Cet ouvrier a les mains blanches, l'œil
noir, les cheveux bruns, une fine moustache et est très-
pâle. Est-ce le signalement du comte?

— Tout à fait, s'écria Bleu d'Azur.

— D'où je conclus qu'Antoine et M. de Roy ne font
qu'un et que si la jeune fille ne vous a rien laissé soupçonner, c'est qu'elle avait été stylée par son amant.

— C'est d'une logique...

— Évidemment, nous sommes sur la voie et la bonne
cette fois; mais jouons serré; j'ai bien recommandé le silence à la concierge, mais je n'ai en elle aucune confiance,
et si le comte se méfie, il la fera jaser de son côté et tout
sera perdu; il faut donc opérer rapidement. Quand devez-
vous donner une réponse à M. de Roy?

— Après-demain.

— Écrivez-lui que vous avez avancé le verdict d'un jour,
qu'il vienne demain à quatre heures et envoyez chercher à
midi Antoinette pour affaire urgente.

— Mais elle n'avouera rien.

— Si... Vous lui annoncerez simplement votre mariage
avec le comte; elle est jalouse, elle parlera. Si elle ne vous
croit pas, — ce qui est possible, — vous la cacherez dans
l'appartement à côté et quand M. de Roy vous dira qu'il
vous épouse, il faudra bien qu'elle se rende à l'évidence
et alors...

— Oh! mon ami, s'écria Bleu d'Azur en tendant ses
deux mains à Theuret, c'est à vous que je devrai d'avoir
pu réaliser le plus cher de mes rêves, de pouvoir fouler

aux pieds cet infâme, l'écraser de mon mépris, et lui rendre douleur pour douleur, mais comment reconaîtrai-je jamais?...

— Nous parlerons de cela plus lard, fit le journaliste, je demanderai une récompense honnête.

Et malgré son sourire, ses yeux étaient si éloquents, que Bleu d'Azur sentit sur ses joues s'étendre une nuance de pourpre.

Le lendemain, à une heure, Antoinette entrait dans le boudoir de Bleu d'Azur.

— Ma chère enfant, dit Marie, je vous je remercie de votre exactitude, j'ai une bonne nouvelle à vous annoncer — malheureusement, cette bonne nouvelle ne concerne que moi — je vais me marier...

— Vous êtes bien heureuse, madame, fit l'ouvrière avec un navrant sourire.

— Bien heureuse, en effet, car j'aime et je suis aimée... Mais, du reste, vous connaissez mon futur mari.

— Moi, Madame...

— Certainement, c'est ce monsieur qui, l'autre jour, vous fit si grand peur dans le salon, le comte de Roy...

Le coup avait été rapide, inattendu, il porta immédiatement...

Antoinette, à ce nom, s'était redressée pâle, frémissante, les yeux hagards.

— Antoine s'écria-t-elle, sans y penser...

— Comment, Antoine, fit Bleu d'Azur... Ah! pensait-elle, l'aveu n'a pas été long... Quel rapport, reprit-elle tout haut, y a-t-il entre Antoine et le comte?

L'ouvrière n'eut pas le temps de répondre, elle s'affaissa sur le tapis...

— Allons, dit Thouret, qui invisible, avait assisté à l'entretien, ça n'a pas été long...

— Quel misérable! fit avec dégoût Bleu d'Azur, tout en prodiguant ses soins à Antoinette.

GRANDS MAGASINS

DU

PAUVRE JACQUES

Place du Château-d'Eau

TROUSSEAUX & LAYETTES

En général, quand on s'occupe d'un trousseau, il faut, dans un temps donné songer à la layette.... Voilà pourquoi nous avons réunis ces deux articles.

Ce sont en général les mamans qui s'occupent du trousseau : je leur recommande donc tout particulièrement l'assortiment complet du *Pauvre Jacques* en cet article.

Depuis la chemise en madapolam jusqu'à la chemise avec entredeux garnis de valenciennes, il y a trente ou quarante séries intermédiaires. Les camisoles, les pantalons, les jupons, présentent le même choix, et pour les accompagner, il y a des chemises de nuit qui sont dignes d'être remarquées.

Quant aux layettes, les bébés devraient voter des remerciements au *Pauvre Jacques*. Je n'ai jamais rien vu de plus mignonnement coquet que ces petits bonnets, ces douillettes en drap ou en cachemire blanc brodés, que ces pelisses ouatées, avec un petit capuchon.... (pauvres chéris !) que ces robes, ces blouses, ces chemisettes qui semblent faites pour une poupée.

Ces magasins doivent aimer les enfants, car on n'invente de ces adorables détails pour la parure des enfants que lorsqu'on sent tout le plaisir qu'il y a à voir naître et grandir ces charmants bébés.

IX

PISTE FAUSSE

Quatre heures sonnent.

M. le comte de Roy entre dans le salon de Bleu d'Azur...
Même dans l'amoureux on reconnaît l'homme bien élevé...
Ni avant, ni après l'heure... Il est exact, strictement
exact...

Pâle, mais calme en apparence, on serait effrayé, si on
mettait la main sur la poitrine de cet homme, des batte-
ments tumultueux de son cœur.

C'est que jusqu'à présent le comte n'a eu que des fantaisies et des caprices, et qu'aujourd'hui il aime follement,
ardemment, de toutes les forces d'une nature puissante.

Sur le seuil du boudoir, il s'arrête et regarde Bleu
d'Azur comme pour lire sur son visage ce qu'elle a décidé... Elle lui sourit, c'est bon signe; un flot de sang lui
monte au visage.

— Bonjour, mon cher comte, dit Marie, m'en voulez-
vous d'avoir avancé d'un jour l'époque que je vous avais
fixée pour ma réponse?

— Oh! Madame!

— C'est que vous avez une figure lugubre...

— Pardonnez-moi, mais il dépend de vous, que dans
cinq minutes, j'aie le visage de l'homme le plus heureux
de Paris.

— A la bonne heure... Asseyez-vous, là, sur ce canapé,
près de moi et causons...

— Mon cher comte, reprit après un instant de silence Bleu d'Azur, vous m'aimez n'est-ce-pas?

— A l'adoration!

— Et vous êtes toujours disposé à faire cette folie dont vous m'aviez parlé l'autre jour?

— Plus que jamais...

— Ainsi vous voulez m'épouser, faire de moi votre femme?

— Oui...

— Je ne refuse point...

— Oh! s'écria le comte vous êtes un ange...

— Mais, interrompit Bleu d'Azur, vous me permettrez bien de vous faire quelques questions.

— Mille, si vous voulez.

— Avez-vous aimé quelqu'un avant moi?

— Oh! jamais, fit le comte avec conviction.

— C'est que je ne suis pas partageuse, moi; je vous aime... mais si vous aviez une autre affection, je voudrais le savoir avant, car après, je ne pardonnerais plus...

— Soyez sans inquiétude, mon adorée femme; vous, vous seule et toujours vous... Est-ce que lorsqu'on vous a vue, on regarde une autre femme... Tenez, j'ai été comme tous les hommes de mon temps, j'ai semé des parcelles de mon cœur aux quatre coins du chemin, mais aujourd'hui, en vous regardant, en vous voyant si belle, j'en rougis et je me demande comment j'ai pu dire à une femme : je t'aime.

— Octave, dit Bleu d'Azur en se laissant aller presqu'entre les bras de M. de Roy, c'est bon d'être aimée ainsi, j'en suis fière... Et je puis vous dire à cette heure qu'un seul désir est né en moi depuis que je vous connais, c'est de m'entendre dire par vous ces douces choses...

Je suis bizarre, mon ami, originale, mais il y a des trésors
de passion en moi, trésors innommés et cachés, qui ne se
dévoileront que pour mon mari, que pour vous...

Et elle était adorable en disant ceci... ses grands yeux
bleus lançaient des flammes langoureuses et passion-
nées... ses lèvres étaient rouges, humides de volupté.
On comprenait, en la regardant, toutes les folies on rêvait
toutes les ivresses.

— Oh! ma femme, s'écria le comte rendu fou par ces
paroles d'amour... toute une existence de voluptés n'é-
teindrait pas la passion qui me dévore...

M. de Roy allait continuer quand il s'arrêta soudain en
regardant, effaré, Bleu d'Azur qui venait de se lever et
qui, droite, méprisante, le fixait avec un regard de dédain
écrasant

— Je voulais voir, dit-elle lentement, jusqu'où pourait
aller la bassesse d'un homme. Vous mentez, M. le comte,
en me disant que vous m'aimez, comme vous avez menti,
M. Antoine Moreau, en disant que vous l'aimiez, à Antoinette Juliard...

Il y eut entre ces deux personnages un moment de
silence...

Le comte, en entendant cette foudroyante apostrophe,
avait fait un mouvement, mais il était promptement redevenu maître de lui-même.

— C'est vrai, dit-il en baissant la tête, emporté par je
ne sais quels désirs malsains, j'ai usé d'un subterfuge
indigne, mais j'en suis cruellement puni; et je puis vous
dire, Madame, vous pouvez me croire, que cet amour ne
ressemblait guère à celui que j'éprouve pour vous et
que c'est la seule fois que j'ai trompé une jeune fille...

— La seule fois, fit en s'adoucissant Bleu d'Azur ?

— Oui, Madame...

— Le jureriez-vous ?...

— Oui, sur tout ce...

— Non, interrompit la jeune femme, je suis superstitieuse, je veux votre serment sur une relique sainte pour moi... Venez...

Et soulevant une portière, elle introduisit le comte dans sa chambre à coucher.

Les persiennes étaient fermées.... le lustre du milieu était allumé...

Elle amena le comte devant le tableau que nous avons vu figurer dans les premières scènes de cette histoire et qui était splendidement éclairé par deux torchères.

Le tableau était recouvert d'un voile noir.

— C'est sur le portrait d'une morte que vous allez, comte, me jurer que vous n'avez jamais trompé qu'une jeune fille...

— Je suis prêt, répondit le comte, dont la figure prit en ce moment une singulière expression...

— Eh bien, dit avec solennité Bleu d'Azur, en plongeant son regard dans le regard du comte, jurez-moi donc cela sur le portrait d'Andrée de Rieux, séduite par vous, tuée par vous, à moi, sa sœur, Marie de Rieux...

Et soulevant le voile noir, elle laissa apparaître le portrait d'Andrée...

Sans qu'un muscle de son visage changea, le comte releva un peu la tête d'un air étonné, regarda le tableau, puis se tournant vers Bleu d'Azur :

— Je ne comprends pas, Madame, dit-il... Cette

enfant, séduite par moi, tnée par moi... Si c'est un jeu, il est cruel...

Bleu d'Azur était attérée.

Il n'y avait pas à s'y tromper, elle avait encore fait fausse route.

Le comte n'était pas l'homme qu'elle cherchait...

GRANDS MAGASINS du PAUVRE JACQUES

Place du Château-d'Eau

LES CONFECTIONS
ROBES & MANTEAUX

Avec les progrès de la confection moderne et la perfection à laquelle elle est arrivée; je trouve qu'il est plus économique pour une femme d'acheter un costume ou un manteau tout fait que de le faire faire.

Qu'il s'agisse d'un peignoir, d'un costume complet, d'une robe, d'une tunique, je maintiens ce que je disais plus haut. On vous soumet dans un magasin, comme celui du *Pauvre Jacques* par exemple, dix ou vingt costumes différents; tous différents de coupe et de façon; on vous les essaie; s'ils ne vous vont pas, on vous les fait faire avec l'étoffe choisie.... Aurez-vous les mêmes avantages, si vous vous en rapportez à vous seule, ou au goût d'une couturière?... Non.

Du reste il est reconnu aujourd'hui que le *Pauvre Jacques* a su réunir dans ses magasins ce que l'élégance a de plus distingué, et qu'il est arrivé à donner des costumes à des prix qui ne peuvent être atteints par personne.

Je vous assure que, même pour quelqu'un qui n'a rien à acheter, cette galerie de la confection pour robes et manteaux (modèles créés par le *Pauvre Jacques*) est un spectacle des plus curieux et mérite d'être vue.

Entouré de ces mannequins habillés, on se croirait dans un salon où tout le monde aurait perdu la tête; il est vrai qu'il y a de si jolies choses que je comprends que les femmes la perdent en les regardant.

X

BIEN JOUÉ!

Soudain, comme sous une inspiration subite, elle se redressa vivement et par un effort de volonté amenant un sourire sur ses lèvres :

— Mon cher comte, dit-elle, pardonnez-moi un instant d'affaissement, mais on ne voit pas s'envoler ainsi toutes ses illusions...

— Décidément, madame, fit M. de Roy, je comprends de moins en moins...

— Je vais m'expliquer... asseyez-vous donc, là, à côté de moi, continua Marie de Rieux... Je suis, reprit-elle, une créature étrange pétrie de bouc et d'or... j'ai en horreur la banalité et les chemins frayés... je vous ai dit tout à l'heure que je vous aimais, c'est vrai, mais — il faut bien que je vous l'avoue, — les causes de cet amour sont presque incroyables... je vous aimais parce que vous m'aviez, d'après vos allures, d'après ce qu'on m'avait dit de vous, d'après ce que j'avais cru en voir par moi-même paru un homme très-fort... je vous aimais en un mot parce que je connaissais l'histoire d'Antoine, l'imprimeur, parce que je croyais avoir trouvé en vous le séducteur de ma sœur... amour malsain, étrange, incroyable, impossible, mais amour fou, puissant et qu'il m'a fallu toute ma force de caractère pour dissimuler jusqu'à ce jour... Oh! si vous aviez été, continua la séduisante sirène, l'homme que je rêvais, qui ne respecte rien, qui foule tout aux pieds, toute ma vie n'aurait pas été assez longue pour vous adurer... C'est encore un rêve envolé, reprit sur un ton mélancolique Bleu d'Azur, et vous devez comprendre, M. le comte, qu'il n'y ait plus lieu maintenant de donner suite à un projet de mariage...

— Et pourquoi, s'écria presque malgré lui, M. de Roy, qui contemplait haletant, enivré, les splendeurs de cette beauté qui semblait s'idéaliser...

— Pourquoi? parce que je ne vous aime plus...

— Eh bien! tu m'aimeras, fit avec emportement le comte... Je t'ai menti, en te disant que je ne connaissais pas ta sœur; ah! va, je suis bien l'homme fort que tu as rêvé... C'est moi qui l'ai séduite, et c'est par mon abandon qu'elle a été tuée... M'aimeras-tu maintenant?

— Ah! cher comte, fit Bleu d'Azur, cet aveu vient bien tard... je vais être forcée de vous demander des preuves...

— Des preuves, s'écria le comte, j'ai chez moi des lettres...

— Chez vous, riposta la jeune femme avec un air incrédule...

— Mais j'en ai une autre preuve dans ma mémoire... La date du jour où j'ai enlevé Andrée...

— Voyons cette date...

— Le 11 juillet 1857...

— Ah! enfin, s'écria avec un accent de triomphe impossible à exprimer Bleu d'Azur... C'était bien lui. C'était bien toi... Thouret, Antoinette, vous pouvez entrer maintenant, le misérable s'est laissé prendre...

A ce cri, la portière du cabinet de toilette se souleva et effaré, le comte vit entrer le journaliste et l'ouvrière.

— C'est toi, fit en désignant M. de Roy la jeune femme. Voilà l'infâme qui après avoir enlevé à moi, sa sœur, un ange de candeur, l'a assassinée en l'abandonnant. Voilà l'homme qui a osé me parler d'amour, m'offrir d'être sa femme, à moi la sœur de celle qu'il avait tuée... Tu m'aimes, ajouta-t-elle avec une incroyable véhémence, eh bien, ce sera ton châtiment... tu m'aimes, eh bien, tu me verras dans les bras d'un autre... toi, je te hnis, je te méprise, je t'abhorre, et celui que j'aime, le voilà...

Et prenant Thouret par la tête, elle l'embrassa sur le front.

Le comte était livide.

— Tu as fait souffrir ma pauvre enfant, je t'impose le même supplice...

— Et maintenant, M. le comte, ajouta-t-elle, je ne vous retiens plus, j'aurai l'honneur de vous faire officiellement annoncer le mariage de M. Thouret avec Mlle Marie de Rieux...

M. de Roy redevint lui-même et redressant la tête :

— Je vous tuerai, monsieur, dit-il au journaliste.

— Qui sait, riposta en souriant Thouret.

Et le comte sortit.

GRANDS MAGASINS

DU

PAUVRE JACQUES

Place du Château-d'Eau

ÉTOFFES POUR AMEUBLEMENTS.

Avoir un joli salon, une belle chambre à coucher, un charmant boudoir.... C'est fort tentant ; mais, il ne suffit pas pour cela d'avoir de beaux meubles. il faut surtout des tentures s'harmonisant complètement avec le mobilier.

Comment même les meubles acquièrrent-ils une valeur, sinon par les étoffes qui les recouvrent.

Ceci dit, nous nous contenterons de rappeler à nos lectrices que le *Pauvre Jacques* possède un rayon complet d'étoffes pour ameublements et de tentures de toute sorte. Il y a de tout : des cretonnes croisées, des cretonnes cachemires, des cretonnes lampas, des satins des Indes, des perses enluminées, des bazins rayés, des tissus indiens, des reps, des pékinnades.... Et tout cela d'un bon marché, à faire frémir les tapissiers.

Il est bien entendu que s'il y a encore des personnes qui ne soient pas logées avec élégance. — C'est qu'elles y mettent de la mauvaise volonté.

XI

TROIS FAITS DIVERS

Trois entrefilets de journaux nous fourniront le dénoû-
ment de la première partie de cette histoire.

Deux jours après, on lisait aux Echos de Paris du *Fi-
garo* :

« Une rencontre au pistolet a eu lieu hier à Meudon
» entre le comte de R... et un journaliste, M.T... L'issue
» du combat a été fatale à notre confrère qui, atteint en
» plein front par la balle de son adversaire, a été tué
» raide. »

Et plus bas sous la rubrique : La journée :

« Encore un suicide... On a retiré du canal une jeune
» fille de seize ans environ... On attribue à des chagrins
» d'amour le suicide de cette enfant, qui paraît-il, se
» nomme Antoinette Juliard... »

Une quinzaine de jours après ces événements, on lisait
dans le même journal :

« Encore une étoile qui file et disparaît... On a cons-
» taté depuis quelques jours la disparition d'une femme
» surnommée Bleu d'Azur, qui s'était fait dans le monde
» du lac une certaine réputation par son étrangeté et sa
» rayonnante beauté. On ne sait ce qu'elle est devenue...
» Est-elle entrée au couvent? A-t-elle été enlevée par un
» prince russe ?... C'est pour le moment un mystère... »

Désolée de la mort de Thouret, Marie de Rieux avait en
effet quitté Paris et s'était réfugiée dans une villa qu'elle
avait achetée à Enghien.

GRANDS MAGASINS
DU
PAUVRE JACQUES
Place du Château-d'Eau

TAPIS

On est, à notre époque, devenu sybarite et je n'y vois pas de mal.

On aime dans ses appartements à marcher sur un tapis moelleux qui amortit le bruit des pas : on aime, au saut du lit, à plonger ses pieds nus dans une moquette à haute laine... Les ménages les plus modestes même maintenant s'offrent ce complément indispensable de l'ameublement.

Ce n'est certes pas moi qui leur en ferai un crime, ni moi, ni le *Pauvre Jacques* qui a entassé dans ses magasins — le tentateur — des quantités énormes de tapis, depuis la moquette bouclée ou l'humble descente de lit, jusqu'au tapis de Smyrne aux dessins flamboyants et rutilants, en passant par le tapis aloès et les nattes de chêne.

Puisque nous somme au tapis, ne pas oublier de regarder les tapis de table qui sont une merveille de luxe et de bon marché.

Il en est un surtout...

Mais je ne veux pas déflorer votre surprise... demandez le tapis indien : Le Djalma... Et vous m'en direz des nouvelles.

DEUXIÈME PARTIE

LE BRACELET DE FER

I

LE SERRURIER LUDNEY

Les soirées d'hiver, par un temps de brouillard humide, de brume glacée et de boue glissante n'ont rien de bien gai, même à Paris; mais il me semble qu'il existe certaines rues sombres, étroites, médiocrement éclairées, où la température paraît plus désagréable et plus triste encore.

Déjà noires de vétusté, les maisons y prennent alors des teintes sinistres ; c'est à peine si, de temps en temps, un magasin laisse échapper un faible jet de lumière.

Les becs de gaz même semblent endormis et leurs clartés vacillantes ont l'air de dire : C'est bien assez bon pour les gens qui passent.

La rue des Vinaigriers est une de ces rues là.

Accolée au boulevard comme une verrue, plus elle avance vers le quai, plus elle s'assombrit et devient horrible... Maisons lézardées et branlantes, bicoques sans forme, impasses obscures, passages innommés, rien n'y manque.

C'est dans une ces impasses que nous allons nous transporter.

Tout au fond du cul-de-sac boueux, à droite, il y a un petit atelier ; c'est là que travaille Pierre Thomas Ludney, compagnon du devoir, artiste en serrurerie... C'est au fond d'un bouge, souvent qu'on trouve les artistes.

Il est environ huit heures du soir ; le patron esquisse un plan de serrure à secret sur son établi, pendant que ses trois ouvriers frappent à tour de bras sur l'enclume.

Le spectacle ne manquait ni d'étrangeté ni de pittoresque.

L'atelier est à peine éclairé par une petite lampe, mais la forge jette autour d'elle, par moments, d'incandescentes lueurs et les trois ouvriers semblent environnés d'étincelles...

Un tableau de Rembrand.

Le soufflet ronfle avec fureur, les coups de marteau retentissent avec un bruit sonore, Ludney est plus que jamais absorbé dans la recherche de son problème, quand la porte de l'atelier s'ouvre, le tintement de la clochette domine tous les bruits divers et c'est au milieu du silence qu'une voix douce et bien timbrée demande :

— N'est-ce pas ici que demeure M. Pierre Ludney.

— Si, répondit le patron qui saisissant sa lampe se dirigea vers la personne qui venait de parler...

— C'est moi, madame, dit-il en reconnaissant une femme ; à quoi puis-je vous être utile ?

La visiteuse fit quelques pas en avant dans l'atelier.

La forge qui s'éteignait lança en ce moment une dernière lueur qui enveloppa l'inconnue toute entière et Ludney eut de la peine à retenir un cri d'étonnement et d'admiration, tellement la femme qu'il avait devant lui était souverainement belle.

— Monsieur, fit cette étrange cliente, je désirerais vous parler, mais à vous seul...

— Très-bien, madame...

Et après avoir regardé le coucou placé au-dessus de son

établi, il fit un signe à ses ouvriers et un instant après, l'atelier était vide.

— Me voilà, tout à vos ordres, madame, dit Pierre, en offrant une chaise à la jeune femme...

— Monsieur, reprit l'inconnue, on vous dit habile ouvrier... Voilà ce que j'attends de vous...

Cette femme était Bleu d'Azur, nous verrons plus tard quel était le motif qui l'amenait dans cet atelier.

GRANDS MAGASINS
DU
PAUVRE JACQUES
Place du Château-d'Eau

DRAPERIES

Je n'aime point beaucoup à m'occuper des hommes, mais enfin puisqu'il le faut, occupons-nous donc des draps qui leur sont nécessaires pour s'habiller, d'autant plus que cela nous amènera à traiter la question des draps pour robes et confections de dames.

Le *Pauvre Jacques* a, dans ce rayon de draperie, réuni d'une façon fort intelligente les deux séries, en sorte que les femmes en achetant une de ces charmantes et solides étoffes : drap zéphir, diagonale, waterprooff, velours laine, ou drap léger de toutes nuances, en arrivent à songer à leurs maris et, souvent, faisant d'une pierre deux coups, achètent un pantalon à leurs maris.

Et elles n'ont que l'embarras du choix, allez! L'Elbeuf, les étoffes anglaises nouvelles, les cheviottes, les ratines, les ondulés, les duités, sont là, entassés par montagnes, par piles gigantesques.

Et l'on dit : Pauvres hommes!

C'est égal, ils doivent de la reconnaissance au *Pauvre Jacques* de ne pas les avoir oubliés; il est vrai qu'en songeant à eux, il a, je le crois, comme je vous le disais tout à l'heure, un peu songé à vous.

II

M. VERMASSON

La table est éblouissante de lumières ; tout ce que le luxe, le confort, la fantaisie ont inventé de raffinements se trouve dans cette salle à manger où sont réunis à l'heure qu'il est M. et Mme la comtesse de Roy.

Il y a environ un an et demi que le comte s'est marié.

Après son duel avec le journaliste Thouret, il a essayé de tout pour s'étourdir, pour oublier sa passion. Cet homme si froid, si méthodique dans ses débordements a fait des folies, a compromis sa fortune sans parvenir à son but.

L'image de Bleu d'Azur le poursuivait sans cesse...

Dans un moment de désespoir, presque ruiné, il s'est décidé à essayer d'un remède souverain : le mariage.

On dirait qu'il a trouvé dans les jours calmes d'une union régulière le repos qui le fuyait.

Mais, ce soir, les physionomistes en dépit de sa gaité, de son entrain, reconnaîtraient sur son visage qui, par moment se contracte, comme une vague inquiétude... comme un pressentiment qu'il ne s'explique pas.

Il lutte en vain, il veut oublier ; il cause, il rit, mais son rire nerveux sonne faux.

Son cœur est serré comme si un malheur allait lui arriver.

Le dîner touche à sa fin... Le dessert étale toutes ses splendeurs ; le comte un peu échauffé raconte à la comtesse un des épisodes de son voyage en Orient, quand soudain un valet apparaît portant une lettre sur un plateau...

M. de Roy s'est senti pâlir.

Ces pressentiments désolants reprennent une nouvelle force.

Cette lettre qu'il prend d'une main tremblante, c'est le malheur... il en est sûr...

Il brise le cachet, lit, blêmit horriblement et se levant avec une sorte de fureur :

— Qu'on attelle imédiatement, s'écrie-t-il avec violence.

En sortant comme un fou de la salle à manger, il se précipite dans son cabinet.

Arrivé là, il déploie de nouveau cette lettre froissée, pressée dans sa main et tout en la relisant :

— Elle! murmure-t-il, encore elle.... toujours elle...

Voilà ce que contenait cette lettre :

Monsieur le Comte,

Il y a deux ans et demi environ, vous m'avez chargé de découvrir l'adresse de Mademoiselle Marie de Rieux, long-temps connue à Paris sous le nom de Mademoiselle Bleu d'Azur... Quoique depuis près d'un an et demi vous ne m'ayiez plus donné de vos nouvelles, j'ai pensé être autorisé par votre silence à continuer mes recherches.

J'ai bien fait de ne pas me décourager, puisque j'ai réussi. Je tiens donc à votre disposition l'adresse de Mademoiselle Marie de Rieux, qui, depuis trois jours, habite Paris.

Veuillez agréer, Monsieur le Comte, l'assurance de mon profond respect.

THOMAS VERMASSON.

Directeur de l'agence universelle de renseignements commerciaux et intimes.

GRANDS MAGASINS
DU
PAUVRE JACQUES
PLACE DU CHATEAU-D'EAU

VELOURS DE SOIE ET FOURRURES

De tout temps le velours a été en honneur auprès des femmes et je ne connais en effet rien qui habille mieux et d'une façon plus luxueuse que ce tissus mat, soyeux, doux au toucher et tombant à plis droits et majestueux...

Le *Pauvre Jacques* a apporté un soin particulier dans le choix des diverses qualités de velours pour vêtements et il a même fait confectionner sur les dessins les plus nouveaux des modèles où le goût lutte avec la richesse des détails.

Pour l'hiver, au prix où on est arrivé à le donner, un vêtement de velours doublé ou bordé de fourrures est devenu presque indispensable.

Et en fait de fourrures de toute sorte, le *Pauvre Jacques* a le droit d'être fier de l'assortiment qu'il a su réunir. C'est à croire qu'il a dépouillé de leur robes tous les animaux chers à l'élégance féminine.

A côté de ces velours dont le prix est relativement élevé le *Pauvre Jacques* a un comptoir de velours anglais noir et de couleur dont on fait ces ravissants costumes que tout le monde admire.

Ce sont des tissus excellents, de longue durée et qui sont appelés à rendre de réels services non seulement aux dames élégantes, mais aux dames économes.

III

DEUXIÈME ÉDITION DE TRICOCHE

C'est dans un petit hôtel entre cour et jardin que nous retrouvons Mlle Bleu d'Azur.

Etendue sur une chaise longue près de la cheminée, où pétille un feu clair, elle feuillète distraitement un volume, mais sa pensée est ailleurs.

Ces trois ans n'ont en rien altéré sa beauté radieuse, ils en ont au contraire complété les lignes un peu indécises... Et cette rondeur, cette harmonie de la forme n'ont rien ôté à sa grâce native et à sa profonde distinction.

La jeune fille est devenue femme.

A-t-elle souffert? Oui. Le cercle de bistre qui obombre ses yeux, le prouve, hélas; mais on dirait qu'une implacable volonté a empêché cette douleur de miner et de ravager le corps.

Elle est belle, splendidement belle, non plus de cette beauté idéale qui faisait rêver, mais d'une beauté originale, charnelle, qui fait naître les désirs violents, les passions folles.

Dans son œil bleu, voilé par instants d'un indéfinissable sentiment de tristesse, on lit néanmoins une résolution tenace. Cette femme a certainement un but dont rien ne la fera dévier.

En effet, Marie de Rieux a un projet que depuis trois ans elle caresse... Elle a à venger la mort de deux êtres chéris; et dans l'ombre, guettant sa proie, elle n'a rien ménagé pour assurer le succès de sa vengeance.

Après la mort de Thouret, affolée de douleur, la jeune femme, après quelques semaines de séjour dans sa ville d'Enghien, était partie pour l'Italie.

Là, toute entière à son chagrin, elle consacra toutes ses pensées au souvenir de celui qui n'était plus.

Mais bientôt, en cette âme endolorie, à l'exaltation de la douleur succéda un autre sentiment non moins violent, le désir de faire expier au comte tout le mal qu'il avait commis.

Dès lors, elle dirigea toutes les ressources de son esprit vers ce but unique.

Le hasard devait du reste la servir dans la réalisation de ses projets.

Un jour qu'à Rome, accoudée à sa croisée, elle regardait dans le vide sans penser à rien... son attention fut attirée par un personnage entièrement vêtu de noir, qui ressemblait à un homme de loi... L'inconnu, après avoir minutieusement examiné l'hôtel, s'approcha d'un des domestiques, sembla lui adresser quelques questions et puis s'éloigna rapidement.

Mlle de Rieux prise d'une curiosité qu'elle ne s'expliquait pas elle-même, sonna et donna l'ordre que l'on fît monter le domestique qu'elle désigna en le montrant de sa croisée.

— Que vous disait l'homme avec lequel vous causiez tout à l'heure, demanda la jeune femme au valet, et quelles questions vous adressait-il?...

— Madame... répondit le domestique en se troublant.

— Dix louis pour vous, si vous me parlez franchement, ou votre congé, si vous mentez...

— Eh bien! madame, c'est sur madame qu'il m'interrogeait... et il m'a même donné son adresse pour que

j'aille le trouver et compléter les renseignements dont il
dit avoir besoin, dans l'intérêt de madame.

— C'est bien, fit Marie après avoir pris la carte, allez, et
faites avancer une voiture.

Une demi-heure après, Bleu d'Azur entrait à l'Hôtel des
Étrangers et demandait M. Vermasson, agent d'affaires.

— Monsieur, disait Mlle de Rieux en se trouvant dans
un appartement du premier, en présence de l'homme de
loi, je suis Mlle Marie de Rieux ; vous avez semblé dési-
reux d'avoir sur moi quelques renseignements et vous
avez consulté un de mes domestique à ce sujet... Eh bien !
pour faciliter votre tâche, ces renseignements, je vous les
apporte moi-même...

Si Bleu d'Azur était une femme forte, M. Vermasson
n'était point un homme à se laisser facilement démon-
ter, aussi ce fut de la meilleure grâce du monde qu'il
avança un fauteuil à sa visiteuse en disant :

— Je vous attendais, madame; mille grâces d'être venue.

— Vous m'attendiez !

— Parfaitement... Voyons, madame, reprit l'agent
d'affaires... me croyez-vous assez maladroit, si j'avais eu
l'intention d'opérer à votre insu, pour aller, sous vos
yeux, sous votre fenêtre, questionner un valet...

— Ainsi ?...

— Je vous avais vue... j'étais sûr d'être remarqué, sûr
que vous questionneriez le domestique, sûr qu'il parlerait
— et, votre caractère hardi étant donné, sûr que vous vien-
driez vous-même auprès de moi et m'interrogeriez vous-
même... Eh bien ! je vous éviterai cette peine. Voulez-
vous m'accorder un moment d'attention.

— Soit, fit Bleu d'Azur assez intriguée...

— Avant tout, permettez-moi de vous dire qui je suis...
Je dirige l'Agence universelle de renseignements commerciaux et intimes... C'est en cette qualité qu'il y a quelques mois, j'ai reçu la visite d'un monsieur qui désirait
connaître votre demeure. Je me suis chargé de la trouver
et vous voyez que j'y ai réussi. L'affaire était importante,
je m'en suis occupé moi-même. J'aurais pu avertir immédiatement mon client, mais j'ai pensé à autre chose et je
me suis demandé s'il ne vous déplairait pas que votre
adresse fut divulguée et s'il ne valait pas mieux vous con-
sulter. Je n'aime pas à faire de la peine aux dames...
Voilà pourquoi, madame, je tenais à vous voir.

— Combien le comte de Roy, dit froidement Marie,
vous a-t-il promis si vous réussissiez ?

— Dix mille francs et les frais....

— Je double la somme, mais voilà à quelles conditions...
Vous n'apprendrez au comte où je suis que lorsque je vous
en donnerai l'ordre et vous me tiendrez au courant de
tout ce que fera votre client.

— Accepté madame... vous pouvez compter sur moi...
Je savais bien, ajouta-t-il, que nous nous entendrions.

— Plaît-il, fit avec hauteur mademoiselle de Rieux en se
levant, vous dites ?

— Que j'étais sûr d'être agréable à madame, reprit
humblement l'homme de loi, en s'inclinant jusqu'à terre...

Et il accompagna sa nouvelle cliente jusqu'à la porte
extérieure.

— Allons, allons, faisait-il en se frottant les mains, tout
en remontant l'escalier, bonne affaire, ça marche.

GRANDS MAGASINS

DU

PAUVRE JACQUES

Place du Château-d'Eau

INDIENNES & PERCALES IMPRIMÉES

En été, avez vous parfois à la campagne, à travers un bois ombreux, aperçu une fraîche robe blanche parsemée de bouquets ou de petits dessins et cela ne vous a-t-il pas paru charmant.

Eh bien! cette robe était de l'indienne ou de la percale imprimée dont l'industrie a fait de si ravissantes et de si fraîches choses.

Le *Pauvre Jacques* a compris tout le parti que les dames pouvaient tirer de ces étoffes toutes séduisantes dans leur simplicité et il a fait créer spécialement pour lui des dessins tout nouveaux.

Les environs de Paris, les bois ombreux, les fontaines murmurantes, la Seine couverte de canots, pourraient s'ils parlaient, en voyant passer les fraîches toilettes s'écrier : *Pauvre Jacques*, car je suis convaincu que la moitié de ces étoffes sortent de ces magasins renommés pour leur goût et leur bon marché.

Pour la même saison voir les toiles légères pour costumes : il y en a un immense assortiment.

IV

LE VŒU

Quelques mois après cet événement, madame de Rieux était à Paris dans son boudoir, quand on annonça M. Vermasson.

La jeune femme, à ce nom, se redressa vivement.

— Qu'il entre ! s'écria-t-elle.

L'agent d'affaires était toujours le même : c'était le même habit, le même gilet, le même pantalon. Les vêtements des hommes de loi sont inusables.

— Du nouveau ? fit rapidement Bleu d'Azur.

— Beaucoup, répondit Vermasson en s'asseyant sur le bord extrême de la chaise, comme s'il avait peur de la salir.

— Voyons...

— M. le comte sort de chez moi à l'instant.

— Ah ! s'écria la jeune femme avec un accent de triomphe...

— Ému et troublé comme un enfant... Selon vos indications, je lui ai donné votre adresse, en lui disant que vous arriviez demain à Paris.

— Très-bien.

— Il m'a posé une foule de questions auxquelles, suivant vos ordres, je n'ai pas répondu.

— Parfait... le reste me regarde, du moins en partie car j'aurai encore besoin de vous, grand besoin de vous même...

— Tout à votre service, madame.

— Mais en attendant, résumons-nous et voyons si mes notes sont exactes... Le comte il y a un an et demi, était à peu près ruiné.

— Il lui restait deux ou trois cent mille francs.

— Il s'est marié alors avec Madeleine de Puyrens, qui lui a apporté deux millions de dot.

— Mais ils sont mariés sous le régime dotal et n'ont pas d'enfants.

— Excellent, ceci... Il mène, paraît-il, une vie exemplaire.

— Un mari modèle...

— Aime-t-il sa femme?

— Il en a l'air... et cela pourrait être, car la comtesse qui a dix-huit ans à peine, est fort belle, douce, charmante, bonne, elle est adorée même de ses gens.

— Alors vous croyez?

— Je crois, dit finement l'agent d'affaires, que si le comte a eu une grande passion, Mlle Madeleine est une des rares femmes qui puissent la lui faire oublier; que si cette passion a existé et que si on avait un intérêt quelconque à la faire revivre, il ne serait que temps de s'y prendre.

— C'est bien, fit la jeune femme avec impatience... je n'ai plus besoin de vous ce soir, mais tenez-vous à mes ordres constamment et continuez à me tenir au courant de tout ce que fera le comte.

M. Vermasson s'inclina et sortit à reculons.

Mlle de Rieux resta un moment pensive.

— Belle, jeune, tendre, aimante et bonne, murmura-t-elle... Ai-je bien le droit de faire souffrir cette créature qui ne m'a rien fait?... Bah! s'écria-t-elle soudain avec emportement, pas de faiblesse... on a été sans pitié je

serai sans pitié... Allons, continua-t-elle, c'est aujour-
d'hui que ma vengeance commence réellement... je serai
fidèle à mon vœu.

Et se dirigeant vers un bahut antique, elle ouvrit un
petit coffret en ébène et en tira un objet étrange.

C'était un bracelet en fer, brut, sans ornements.

Cela n'avait l'air de rien au premier abord et c'était un
chef-d'œuvre de mécanique. Une fois fermé, on ne pouvait se débarrasser de cette singulière parure qu'en limant
ou en coupant le fer à froid.

Ludney, le serrurier, avait fait là une merveille...

Mlle de Rieux regarda quelques instants en silence le
bracelet, puis d'un geste brusque elle en encercla son
poignet, et pressa sur les deux branches...

On entendit un bruit sec ; le bracelet était alors comme
rivé au bras de Bleu d'Azur.

— Je t'enleverai, fit avec un accent grave et solennel,
la jeune femme, quand mon but sera atteint. Si j'oubliais
mon vœu, rappelle-moi ; métal froid et dur, que je dois
être froide, dure, impitoyable comme toi... Et maintenant à l'œuvre !

GRANDS MAGASINS

DU

PAUVRE JACQUES

Place du Château-d'Eau

RIDEAUX BLANCS

Cela n'a l'air de rien de choisir des rideaux blancs, et c'est à mon sens, un des achats les plus difficiles à faire.

Il est vrai que, d'ordinaire, les genres en sont tellement différents, les variétés si nombreuses que pour peu que l'on ait du goût, cette difficulté est de beaucoup amoindrie.

J'ai vu au *Pauvre Jacques*, des rideaux de mousseline brodée qui sortent complètement de la banalité inhérente à ce genre... Il y en a avec des bordures festonnées... L'art a épuisé là toute sa fantaisie.

Quant aux rideaux de gaze, je les recommande pour les appartements un peu sombres — mais pour moi, ce que je préfère ce sont les tulles appelés catrin, et surtout les guipures françaises et les guipures d'art avec bande alternés toile d'Irlande... C'est merveilleux et d'une richesse inouïe.

Ce rayon comprend également les couvre-lits et les dossiers de tous genres, les couvre-édredons, etc., etc.

Il y a là un choix considérable de jolies choses simples ou riches, modestes ou luxueuses, mais toujours d'un goût exquis.

V

PAPILLON QUI BRULE.

Nous sommes dans le salon de Mme de Roy.
Il est huit heures environ.

La comtesse, assise devant un guéridon de laque, feuillette un album, mais son regard inquiet se fixe le plus souvent avec anxiété sur le visage soucieux de son mari qui, en face d'elle, nerveux, froisse un journal qu'il semble lire.

Le comte est en grande toilette de soirée... mais sous ces habits élégants, il a dans le cœur toutes les tortures de l'enfer.

Il s'est présenté dans la journée chez Mlle de Rieux, on ne l'a pas reçu... Affolé, il a couru chez Vermasson et après avoir attendu deux heures, il a appris que Bleu d'Azur serait aux Italiens... Il va aux Italiens.

La passion chez lui s'est réveillée furieuse, ardente, insensée. Cette femme. Il la veut, il la lui faut, il l'aura...

Cet amour pur et chaste que commençait à lui inspirer la comtesse, cette douce et bonne créature, il a disparu entièrement, dévoré par ce volcan qui vient de renaître en lui.

Sa femme! hier, il se rattachait à cette affection comme à sa sauvegarde contre lui-même; aujourd'hui, il l'écraserait sans pitié sous ses pieds pour un sourire de l'enchanteresse tant rêvée et tant désirée.

La comtesse semble deviner ce qui se passe en l'âme de son mari.

Elle se lève doucement et, passant derrière le fauteuil du comte, elle arrive sur la pointe de ses pieds et enlaçant de ses bras blanc le cou de M. de Roy.

— Octave, mon ami, lui dit-elle, qu'avez-vous? Qu'as-tu? ajoute-t-elle plus bas.

C'est avec peine que le comte a réprimé un premier geste d'impatience, mais se retournant à demi :

— Mais je n'ai rien, ma chère amie!

— Ce n'est pas à moi qu'il faut dire cela...

— En effet, dit en souriant M. de Roy, j'ai quelque chose...

— Ah! fait avec un accent de triomphe la charmante femme... Dites-le moi, alors.

— Volontiers... je suis en effet soucieux, parce que je suis forcé de vous laisser seule ce soir... mais je ne puis me dispenser d'assister à cette grande réception à mon cercle...

— Ce n'est pas cela, dit avec une adorable moue Madeleine... je suis persuadée qu'il y a quelque chose que vous me cachez... cette lettre d'hier soir...

— Vous êtes une enfant... j'ai été étonné d'un malheur arrivé à un de mes amis, voilà tout.

— Bien vrai?

— Bien vrai.

— Alors, partez, monsieur... abandonnez votre femme...

— Vous êtes adorable, murmure le comte en baisant le front pur que Mme de Roy lui présente.

Et, la tête en feu, le cœur palpitant, il court aux Italiens.

Il va la revoir!...

GRANDS MAGASINS
DU
PAUVRE JACQUES
Place du Château-d'Eau

MOUSSELINES

Quand, dans un restaurant, le garçon vous donne un de ces verres impalpables pour ainsi dire, qui ont d'exquises transparences et une invraisemblable légèreté... Vous savez que l'on nomme cela un verre mousseline.

Jamais l'on ne peignit mieux et on ne fit mieux valoir l'étoffe que l'on nomme ainsi.

La mousseline! c'est le tissu diaphane, léger, vaporeux qui semble fait d'un nuage avec lequel on compose ces chastes et fraîches robes de communiante, ou les costumes de bal de jeunes filles.

Une rose dans les cheveux, un lys sur le côté et voilà une parure charmante, jeune, idéale

Au lieu d'une mousseline unie, prenez la mousseline brodée et vous obtenez alors des parures de bal élégantes et dont le prix vous permet de songer sans regrets, que comme les roses, cette toilette ne vivra qu'une nuit.

Le *Pauvre Jacques* puise ces tissus dans les meilleures fabriques et offre à ses clientes le choix le plus complet de ces étoffes légères aimées des jeunes filles, des jeunes femmes et des mamans.

VI

LES ITALIENS

Je ne sais pas de plus merveilleux et de plus féérique spectacle mondain que la salle des Italiens quand tout Paris s'y donne rendez-vous.

On coudoie là toutes les illustrations du nom, de la richesse, de l'esprit de la beauté.

C'est la vivante image du luxe.

Dans les loges, ces toilettes éblouissantes, ces épaules nues, ces diamants, ces fleurs, tout cela entremêlé, conondu, éclatant, sautillant, éblouissant les yeux sous les feux du lustre, forment un kaléidoscope où la réalité semble s'être idéalisée.

Au milieu de cette atmosphère capiteuse et parfumée, on comprend tous les rêves et toutes les ambitions,

Aux fauteuils d'orchestre, nous retrouvons ce soir-là plusieurs de nos connaissances : le vicomte de Fortin, le baron de Romain, Claude de Jars, l'élite des viveurs Parisiens.

Le troisième acte de *Il trovatore* venait de finir et avec chûte du rideau, on commençait à entendre dans la salle cette rumeur confuse produite par mille conversations à demi-voix, quand soudain, le silence se rétablit comme par enchantement et toutes les lorgnettes se dirigèrent avec un ensemble étonnant vers la loge de face de gauche, restée vide jusque-là, et comme une traînée de poudre, un nom courut à travers les fauteuils d'orchestre et les loges.

— Bleu d'Azur !

— C'est bien elle ! s'écria le premier le vicomte de Fortin.

— Elle est encore plus jolie que le jour des courses !

— Merveilleuse !

— Étonnante !

— Splendide !

— Idéale !

— Ah ça ! mais que diable a-t-elle donc à son poignet gauche, dit le baron de Romain.

— Mais, fit de Fortin, on dirait un bracelet en fer... toujours originale cette fille-là !

— Un problème...

— Insondable et profond...

— Comme toutes les femmes.

— Oh ! celle-là n'est pas une femme ordinaire.

— Au fait, s'écria de Fortin, si nous allions la voir...

— Allons, fit de Romain, puisque nous sommes de vieilles connaissances, elle nous reconnaîtra... Venez-vous, de Jars ?

— Parbleu !...

Les trois jeunes gens étaient dans le couloir qui menait à la loge de Mme de Rieux, quand ils rencontrèrent le comte de Roy, sombre et pensif.

— Tiens, comte, s'écria de Fortin, vous arrivez bien. Comment va ?...

— Bien, répondit M. de Roy.

— Savez-vous la nouvelle ?

— Laquelle ?

— Bleu d'Azur est ici...

— Je le savais, fit froidement le comte.

— Ah ! c'est juste, dit de Romain, vous étiez fort bien ensemble. C'est même pour elle que vous avez tué...

— Je n'ai pas encore vu cette dame, interrompit Octave.

— Oh! fit de Jars, le comte est marié.

— Et mari modèle...

— Prix de vertu...

— Ah! c'est égal, ajouta Fortin, venez avec nous ; nous allons saluer Bleu d'Azur.

— Soit, Messieurs.

Quand la porte du salon de la loge s'ouvrit, M. de Roy était pâle comme un suaire.

— Madame, dit le vicomte qui marchait en avant, en s'inclinant devant la jeune femme pelotonnée dans un fauteuil, voulez-vous permettre à quatre de vos amis de vous serrer la main et de vous présenter leurs respects, après une séparation qui nous a paru si longue à tous.

— M. de Fortin, n'est ce pas, fit Bleu d'Azur en tendant la main au jeune homme... Et vos chevaux comment vont-ils?

— Comme moi, madame...

— M. de Romain, si je ne me trompe, continua la jeune femme... Et le corps du ballet!

— Bien maigre en ce moment!...

— M. de Jars... n'est-ce pas?... et le baccarat.

— Pas de chance...

Puis alors, laissant tomber un regard hautain et dédaigneux sur le comte, elle prit son lorgnon, comme pour s'assurer qu'elle ne se trompait pas, et après avoir lorgné le mari de Madeleine avec une souveraine impertinence...

— Tiens, fit Marie, c'est vous, M. de Roy..., vous n'êtes donc pas ruiné que vous venez aux Italiens.

— Madame, murmura le comte, dont la voix tremblait de colère.

— Ah! je comprends, on a été sage et la petite femme

a permis et payé un plaisir que vous prenez sans elle ; c'est gentil, çà... Messieurs, continua-t-elle en reprenant son grave sourire, soyez les bienvenus.

Le comte, de pâle devenu blême, était sorti de la loge.

— Pourquoi malmenez-vous de Roy comme cela, demanda de Fortin... il vous adore, ce garçon-là.

— Vous croyez ? fit Bleu d'Azur.

GRANDS MAGASINS
DU
PAUVRE JACQUES
Place du Château-d'Eau

MADAPOLAMS & PERCALES

Le rôle du Madapolam et de la Percale est fort important dans la toilette féminine. Ce sont deux tissus qui ont une incontestable utilité.

Le *Pauvre Jacques* a compris cela, aussi n'a-t-il rien ménagé pour être en mesure de contenter sa clientèle. Il s'est attaché surtout à débarrasser le madapolam de ses apprêts de fabrique qui abuse l'acheteur sur la force et la solidité de l'étoffe.

Cette mesure n'était qu'honnête et n'a rien qui doive étonner de la part de ces magasins renommés pour leur loyauté en affaires.

Mais, comme je le disais, le rôle du madapolam et de la percale est important, il embrasse une grande partie de la lingerie pour femme et pour homme.

On fabrique avec eux des chemises, des taies d'oreiller, des jupons, que sais-je ?

Une bonne ménagère doit, sous peine de le regretter, venir jeter un coup d'œil sur ce rayon, où elle trouvera non seulement de sensibles différences de prix, mais une différence très-grande sur la qualité de ces tissus,

VII

SCÈNE DE HAUTE COMÉDIE

— Monsieur le comte Octave de Roy, annonce un valet de chambre.

— Veuillez vous asseoir, Monsieur, dit Bleu d'Azur, et m'apprendre quel est le motif impérieux qui vous pousse à me poursuivre ainsi et à me forcer, en quelque sorte, de vous recevoir...

— Ne le devinez-vous pas, Madame...

— Non.

— Voulez-vous me permettre de vous le dire?

— Puisque je vous le demande.

— Eh bien! je vous aime toujours.

— Vraiment, mon cher comte, s'écria le sourire ironique aux lèvres la jeune femme, mais je comprends cela...

— Madame, je...

— Oh! pardon de vous interrompre et de me priver d'une tirade fort éloquente, j'en suis convaincue, mais je crois tout ce que vous me direz fort inutile, et voilà pourquoi... Je vous ai connu à une époque où vous aviez cinquante mille francs de rente, où vous étiez libre, je n'ai pas voulu être votre maîtresse... Je passe sur certains événements qui m'ont attristée autrefois, je les ai oubliés aujourd'hui... mais pourquoi voulez-vous que ce que j'ai refusé de faire pour l'homme riche, je le fasse pour l'homme ruiné, marié, et dont les quelques fantaisies mesquinement payées, ne pourraient être soldées que par la dot de sa femme...

Le comte poussa un rugissement de fureur.

— Oh! je n'ai pas fini, poursuivit Bleu d'Azur, je suis très-changée, mon cher de Roy, au moral et au physique, et je ne m'en plains pas... J'étais sotte, autrefois, j'étais bonne, je ne le suis plus... En trois ans, j'ai acquis beaucoup d'expérience : j'ai été volée, dupée; si bien que d'une très-belle fortune, il ne me reste rien ou presque rien... mes goûts ne sont pas du tout à la hauteur de ce qui me reste; il me faut le luxe, les fêtes, le bruit... je n'ai donc à espérer que deux choses : ou un mariage riche, — c'est difficile à trouver avec ma réputation, — ou une de ces unions illégales où la folle prodigalité alors fait oublier ce qu'a de faux la situation; vous ne pouvez être mon mari puisque vous êtes marié, vous ne pouvez être mon amant, puisque vous n'avez plus le sou... Vous voyez donc bien que j'avais raison de ne pas vous laisser dépenser inutilement votre tirade...

Et tout cela était dit avec des inflexions de voix écrasantes d'ironie, toutes ces phrases étaient soulignées par des regards qu'eut enviés la coquette la plus raffinée.

Chacun de ces mots prononcés par la jeune femme, entraient dans le cœur du comte comme des dards rouges.

Ah! l'habile charmeresse avait tout calculé!

— Eh bien! s'écria M. de Roy quand la jeune femme eut cessé de parler, je vous aime mieux comme cela... à bas les masques, alors... Vous voulez vous vendre, je vous achète...

— Combien? demanda Bleu d'Azur en appuyant, avec un adorable mouvement, son petit doigt sur ses lèvres.

— Ce que vous voudrez...

— Ce n'est pas assez, ricana Marie... Tenez, reprit la jeune femme, vous m'aimez, je veux le croire, mais la

— Oh ! Madame'!.

Robe demi toilette sortant des ateliers du *Pauvre Jacques.*

passion vous aveugle, Écoutez-moi bien…. il vous reste, à
vous, 300,000 francs… votre femme a eu deux millions
de dot auxquels vous ne pouvez toucher… Et c'est avec
15,000 francs de rente que vous voulez me donner le luxe
que je convoite?… Si je succombais, mon cher, je voudrais un hôtel à moi…

— Vous l'aurez… fit sourdement le comte…

— Splendidement meublé…

— Soit.

— Deux voitures et six chevaux, dont deux de selle…

— Vous les aurez.

— Et vous paierez les gens et les dépenses journalières,
l'entretien de l'hôtel, puis…

— Je paierai…

— Je paierai… vous les aurez… s'écria Bleu d'Azur
dans un éclat de rire, vous êtes étonnant, cher comte.

— Mais encore si je vous donne ce que vous désirez…

— Eh bien, alors, fit en hésitant Mlle de Rieux, prouvez
moi que vous pouvez faire autre chose que promettre et
nous en recauserons…

— Dans dix jours, s'écria M. de Roy avec une incroyable
véhémence, vous m'appartiendrez… Au revoir…

Bleu d'Azur le regarda s'en aller avec un indéfinissable
sourire de haine et quand la portière de velours retomba
sur lui, se redressant d'un bond.

— Je te tiens maintenant, misérable, fit-elle avec fureur… Tu m'as pris les deux seules affections de ma vie,
je te prendrai du moins ton honneur…

Presqu'au même instant, M. le comte jetait à son cocher
cette adresse :

— M. Vermasson…

GRANDS MAGASINS
DU
PAUVRE JACQUES
Place du Château-d'Eau

TOILES BLANCHES & TOILES ÉCRUES

C'est surtout en fait de toiles que l'on peut aisément se tromper et être-trompé. C'est pourquoi je conseille aux dames de s'adresser quand elles ont des achats à faire, à un magasin en qui elles aient toute confiance.

Le *Pauvre Jacques* ne recherche pas dans ses achats en fabrique, ce bon marché inouï qui n'est obtenu qu'aux dépens de la qualité des tissus. On n'achète pas de la toile par fantaisie, on en achète quand on en a besoin et on tient à ce qu'elle fasse de l'usage.

C'est à quoi ont visé les administrateurs de ces magasins et leurs toiles fabriquées dans le Nord en Belgique, en Bretagne, en Normandie et dans les Vosges, sont des prodiges de tissage et de solidité.

Ce qu'ils avaient fait pour les toiles blanches, ils l'ont également appliqué aux toiles écrues, aussi sont-ils arrivés à être connus de tout Paris et de toute la Province pour l'exceptionnelle qualité de leurs toiles et le bon marché réel, mais sans exagération, de ces produits qu'il garantissent comme durée et comme solidité.

VIII

UN TYPE

Trois jours après l'entrevue de Bleu d'Azur avec le comte, M. Vermasson achevait de prendre son café dans sa salle à manger... Il avait l'air radieux et tout en humant son café avec componction, il monologuait tout bas...

—Le comte s'enferre, murmurait-il, ça m'est bien égal... mais il me demande des choses difficiles et dangereuses... Bigre!... Prêter de l'argent! prêter de l'argent! je veux bien... mon agence traite ces affaires là à 50, 60 et 70 pour cent... mais des garanties, il me faut des garanties... Au fond, cependant, des garanties, je n'en ai pas besoin; puisque la petite dame m'a dit : prêtez, j'avancerai les fonds... Et cependant, ma conscience... Ah bah! qu'est-ce que le comte avait à fournir? une signature de sa femme, voilà tout... Il sera aimable... Ah! ces gredins d'hommes! Allons, bonne petite affaire... Il n'y a de bon que les affaires où l'on touche des deux côtés... Mais, une idée! si on en trouvait un troisième qui ne nuisit pas aux deux autres, c'est à creuser cela... creusons...

Et il savourait son café à petites gorgées...

— J'ai trouvé s'écria l'homme de loi... J'ai avancé déjà à M. de Roy : 1° 300,000 francs qui lui appartenaient; 2° sur une délégation de sa femme, 500,000 francs... Si, maintenant, en tapinois, j'allais avertir Mme de Roy que j'ai à lui dévoiler un secret qui intéresse son ménage...

Me donnera-t-elle 10,000 francs ? Oui, elle aime son mari...
Gardera-t-elle le secret ? Oui, elle est religieuse, je la
ferai jurer... Cela empêchera-t-il le comte de faire des
sottises ? Non. La petite dame de lui en faire faire ? Non...
Donc, mon troisième moyen, ne nuisant pas aux deux autres, est bon... Pas de retard dans l'exécution... à une
heure, le comte est chez sa belle... à une heure je serai
chez la comtesse...

GRANDS MAGASINS
DU
PAUVRE JACQUES
Place du Château-d'Eau

LINGE DE TOILETTE

Fort délicate cette question !

On peut se laver la figure avec une toile grossière, on peut s'essuyer les mains avec un torchon : il est des gens auxquels cela est parfaitement égal, de même qu'il en est d'autres auxquels il est non moins égal de ne pas se laver du tout.

Mais pour les personnes soigneuses d'elle même, respectueuses de leur corps — selon l'expression d'un poête moderne — Il n'y a pas assez de précautions à prendre pour tout ce qui touche au visage ou aux mains, pas assez de soins pour les ablutions partielles ou totales, en un mot tout ce qui a rapport à la toilette.

Le *Pauvre Jacques*, fort expert en cette matière, a dans ses rayons d'abord en général le linge œil de perdrix ; les serviettes à franges ; les serviettes à franges œil de mouche et surtout les serviettes éponges, duvet blanc, que je ne saurais trop recommander aux personnes délicates...

Je ne vous parlerai pas des soins apportés à la confection de ce complément indispensable de la toilette, mais je vous ferai remarquer qu'une personne réellement élégante ou simplement soigneuse, ne se contente pas d'avoir les objets qui se voient au dehors, mais ne manque jamais dans son cabinet de toilette des produits nécessaires à l'entretien de sa beauté...

Et je le dis hautement ; la fraîcheur et le lissé du teint dépendent du linge de toilette dont on se sert.

IX

LA TOILE DE L'ARAIGNÉE

M. de Roy a tenu toutes ses promesse... il a satisfait à toutes les exigences de Bleu d'Azur. Avec de l'argent on fait des prodiges ; en quelques jours, il a réalisé des merveilles, en dépensant des sommes folles.

Il est redevenu jeune. L'espérance d'être aimé lui a enlevé dix ans.

Il ne s'étonne pas même d'avoir, en quelques jours, pu réaliser des emprunts aussi énormes que ceux qu'il a faits, et lui semble que tout doit lui sourire.

Et cependant, c'est à peine si Bleu d'Azur lui a laissé effleurer sa main du bout des lèvres.

Tout à son bonheur, quand le comte est auprès de la femme qu'il aime, dès qu'il la quitte, son front se rembrunit, son sourcil se fronce, on dirait qu'une pensée sinistre l'obsède et le poursuit...

Tout lui a réussi cependant... Il a trouvé chez Vermasson 800,000 francs, grâce à une simple procuration de sa femme ; cette procuration il l'a dans sa poche, et avec elle il peut suffire aux plus ruineux caprices de la sirène et néanmoins il lui faut pour ramener le sourire sur ses lèvres l'ivresse dans laquelle le jettent les enivrants sourires de Bleu d'Azur

Il y a huit jours environ que M. de Roy a dit à Marie : — vous serez à moi. Les deux jeunes gens sont assis l'un près de l'autre...

— Mon cher Octave, dit Bleu d'Azur, vous êtes un magicien, vous faites des merveilles ; je ne vous ai point demandé où vous avez trouvé l'oncle d'Amérique qui suffit à toutes ces royales dépenses, mais je vous avoue que je serais bien heureuse de le savoir.

— Que vous importe, répondit le comte en fronçant le sourcil...

— Mais il m'importe beaucoup, fit en minaudant la charmeresse... il est certaine date qui approche et je voudrais... non, je désire...

— Oh ! c'est fort simple, reprit le comte... j'ai dit à Mme de Roy que je serais heureux d'administrer notre fortune moi-même et elle m'a donné une procuration...

— Générale, fit la jeune femme.

— Générale...

— Voyons, s'écria Bleu d'Azur

Le comte, sous le charme, prit dans son portefeuille un acte notarié et le présenta à Mlle de Rieux.

Bleu d'Azur jeta un rapide coup d'œil dessus, puis pliant tranquillement le papier en quatre elle le mit dans sa poche...

— Que faites-vous ? s'écria Octave.

— Rien que très naturel... je trouve que vous avez fait assez de folies et je ne veux plus que vous en fassiez pour moi... je vous coupe les vivres...

— Marie !

— Oh ! soyez tranquille, je vous remettrai ce papier le dix au soir.

La jeune femme était si belle, que M. de Roy n'insista pas... Il se leva et prenant la main de Mlle de Rieux dans la sienne :

— A bientôt, lui dit-il, avec un accent passionné.

— A bientôt, répondit Bleu d'Azur.

A peine fut-elle seule, que Marie sortit la procuration de sa poche, et s'approchant précipitamment de la lampe, et après l'avoir examiné attentivement :

— Enfin, s'écria-t-elle avec un accent de triomphe... à bientôt ! monsieur le comte !

GRANDS MAGASINS

DU

PAUVRE JACQUES

Place du Château-d'Eau

LINGE DE TABLE

Monselet, de gourmande mémoire, disait un jour : — Rien ne me plaît mieux qu'une table bien servie, mais à une condition, c'est que le linge sera élégant.

Je suis entièrement de son avis.

J'ai vu dans une maison où je dîne souvent un assortiment vraiment complet de services, depuis la serviette simple jusqu'aux serviettes ouvrées et damassées.

Il y en avait avec des petits et de grands damiers, des damiers fleuris, etc.

J'ai vu des nappes damassées où une chasse à cour tissée dans la toile étalait une cinquantaine de personnages, d'autres ou les dessins les plus riches et les plus coquets étaient nés sous la main d'un artiste.

Rien de plus original et de plus nouveaux que celles qui représentent des fruits, des fleurs, des corbeilles...

Je suis curieux, j'ai demandé à la maîtresse de la maison où elle avait acheté ces merveilles.

— Au *Pauvre Jacques*, m'a-t-elle répondu... et je ne crois pas qu'il y ait à Paris un autre magasin qui possède ces dessins, car il les ont exclusivement fait faire pour eux.

Et si vous saviez le prix que cela coûte !

X

VERMASSON GAGNE SON ARGENT

Mme de Roy pleurait silencieusement.

— Je regrette, croyez-le bien, madame, disait Vermasson, de vous chagriner, mais vous avez exigé que je vous dise tout...

— Et cette femme, s'écria soudain la comtesse, est belle, n'est-ce pas?

— Hélas! madame, soupira l'agent d'affaire, comme une femme pour laquelle on dépense près d'un million en huit jours, car il les a dépensés.

— Un million! fit Madeleine...

— Eh! reprit bénoitement Vermasson, c'est bien un peu de votre faute, car je ne lui aurais point prêté cette somme sans la procuration que vous lui avez donnée.

— La procuration que je lui ai donnée, s'écria avec étonnement la comtesse?

— Mais oui, une procuration générale, que j'ai vue comme je vous vois.

Mme de Roy pâlit affreusement, puis comme illuminée par une lumière soudaine.

— Ah! en effet, je me souviens d'un papier que j'ai signé.

— C'est cela, fit l'agent d'affaires... on signe sans réfléchir et puis on est étonné des conséquences... Ah! si vous m'aviez consulté!...

— Eh bien, monsieur dit la comtesse d'un ton empreint de résolution, désormais vous serez mon conseil... Et dès demain, dès ce soir, je veux être au courant de tout ce qui se fera, de tout ce qui se dira chez Mlle Bleu d'Azur.

— Mais, madame.

— A quelque prix que ce soit.

L'agent d'affaires s'inclina en ayant l'air de dire : C'est différent.

— Ce sera fait, madame...

— Puis-je compter sur vous ?

— Comme sur vous-même et moi de mon côté, madame, j'ose compter sur votre discrétion sur mes petites confidences.

— Je vous l'ai promis.

Lorsque l'agent d'affaires de fut éloigné, la comtesse rentra dans sa chambre et s'agenoulllant devant un grand Christ, elle pria.

En se relevant, sa figure charmante semblait transfigurée.

— Le malheureux ! murmura-t-elle... oh mais, je le sauverai, ajouta-t-elle avec énergie, même malgré lui !

GRANDS MAGASINS

DU

PAUVRE JACQUES

Place du Château-d'Eau

LINGERIE FINE

Voilà certainement un des côtés de la toilette des dames où l'on reconnaît le mieux la femme élégante et soigneuse d'elle-même.

C'est là où se déploie, dans toute sa grâce, le goût exquis de la femme.

Aussi n'a-t-on rien ménagé au *Pauvre Jacques* pour servir ce goût et donner aux clientes le moyen de le satisfaire, vous ne vous attendez point à ce que j'aille vous décrire les innombrables formes de parures et de toilettes qui ont été créées récemment... Il y en a de simples, il y en a de luxueuses, il y en a de modestes, il y en a d'ambitieuses.

C'est un fouillis de dentelles, de velours, de ruches, de fleurs, de plissés, de guipures.

Il y a des tissus qui sont une trouvaille, des cols qui sont un rêve de tulle, des manches où la nouveauté a trouvé du nouveau le plus frais et le plus coquet.

Quant aux mouchoirs, la spécialité du *Pauvre Jacques* est établie à cet égard : mais ces mignons tissus de batiste avec les ourlets à jour et écussons, avec guirlandes de broderie, petits plis, dentelles, entre deux de dentelles sont de petits chefs d'œuvre d'art d'élégance et de goût.

Elle était charmante et la douleur l'avait encore rendue plus belle.

Toilette en cachemire de soie noire **LE SÉDUISANT**, sortant des grands magasins du *Pauvre Jacques*.

XI

COUP DE FOUDRE.

C'est le soir du jour fixé par le comte.

Dès la veille, Bleu d'Azur a pris possession de son hôtel des champs Élysées...

Tous les salons sont éclairés comme pour une fête.

Et cependant il n'y a personne... Si... dans un petit boudoir attenant à la grande salle de réception, sont trois hommes : l'un, grave et sévère à l'air d'un magistrat; les deux autres qui se tiennent à distance respectueuse ressemblent à des agents habillés en bourgeois.

Dans le salon, Bleu d'Azur éblouissante de toilette et de beauté semble donner ses derniers ordres à Vermasson qui écoute humblement.

Dix heures sonnent.... on annonce le comte de Roy.

— Enfin s'écria Octave en se précipitant vers Mlle de Rieux.... j'ai cru que cette heure ne sonnerait jamais.

— Il est de ces heures, répondit Bleu d'Azur avec un froid et ironique sourire, qui sonnent toujours trop tôt...

— Cet accueil, ce ton, murmura le comte en reculant de quelques pas...

— Vous êtes étonné de cette réception, monsieur le comte. continua la jeune femme... asseyez-vous, je vais vous l'expliquer...

M. de Roy se laissa tomber sur un fauteuil.

— Mon cher monsieur, reprit Mlle de Rieux, vous êtes bien naïf pour un roué... Vous avez séduit une sœur que j'adorais, vous l'avez abandonnée lâchement, et elle en est morte… Vous avez tué un homme que j'aimais et vous avez pu croire qu'oubliant ces… peccadilles, j'en arriverais à me donner à vous pour de l'argent… Vous n'avez rien vu, rien deviné de la haine profonde que je vous porte; vous n'avez pas soupçonné à travers mes exigences folles, qu'il pouvait se glisser une pensée de vengeance… Non, égaré par une passion brutale et malsaine vous avez marché à votre but sans réflexion; sans songer au passé, sans songer à l'avenir. Ce but, vous ne l'atteindrez pas, ce sera un de vos châtiments, l'autre je vais vous dire quel il est et vous verrez si j'oublie, moi.

— Vous m'avez prise pour une femme cupide et vénale, continua Bleu d'Azur, eh bien, — je vous dis cela entre nous — les 800,000 francs que vous avez empruntés à Vermasson, c'est moi qui les ai fournis… Pour prendre une mouche, l'araignée fournit sa toile; je n'ai pas, vous le voyez, reculé devant la dépense…

— Je vous savais sans fortune, presque ruiné, il me fallait donc exciter votre passion, l'affoler en lui faisant entrevoir sa satisfaction au moyen de grandioses folies.

— Ces folies, vous les avez commises très-largement… mais cela coûte cher parfois… Pour vous procurer 800,000 fr. il vous fallait une procuration de la comtesse, votre femme; comme vous auriez eu de la peine à expliquer cette prodigalité, vous avez préféré ne rien demander à Mme de Roy…

— J'avais calculé tout cela… Oh! j'aime les vengeances complètes, moi… Dans ce boudoir à droite, il y a un commissaire de police et deux agents qui vont entrer ici tout à l'heure accompagnés de M. Vermasson, vous leur expliquerez comment il se fait que M. Vermasson soit porteur d'une procuration signée Madeleine de Roy, quand

Madeleine de Roy, votre femme ignore absolument l'existence de cette procuration...

Mlle Bleu d'Azur avait à peine achevé de prononcer ces
paroles qu'une des portières de satin se souleva et que,
madame de Roy entra, suivie à distance de Vermasson, fort
embarrassé de sa personne.

— Et qui vous a assuré, mademoiselle, dit Madeleine en
s'avançant vers Marie de Rieux, que j'ignorais l'existence
de cette procuration.... Et depuis quand, maîtresse de ma
fortune, n'ai-je pas le droit d'en laisser la libre disposition
à qui bon me semble? Ce papier, le voici, ajouta-t-elle
en le prenant des mains de Vermasson, je déclare ici que
c'est bien moi qui l'ai signé et je le remets de nouveau
entre les mains du comte de Roy, mon mari en qui j'ai
toute confiance.

Et en disant ces mots, la noble femme laissa tomber la
procuration fatale sur les genoux du comte immobile et
atterré...

Bleu d'Azur, le sourcil froncé, contemplait cette scène,...
mais elle n'était pas femme à se déclarer battue sans com-
battre...

Promptement remise de son émotion, dès que la comtesse eut fini de parler.

— Vermasson, dit-elle, avertissez ces messieurs qu'il
n'ont plus rien à faire ici... Et maintenant, madame,
ajouta-t-elle en s'adressant à Madeleine, voulez-vous m'apprendre comment j'ai l'honneur de vous posséder dans
mon salon?

— Je vais vous le dire, mademoiselle, répondit Mme
de Roy, si vous voulez bien m'accorder un instant d'entretien.

— Volontiers, madame.

— Mon ami, dit alors la comtesse en s'approchant de son mari, veuillez nous laisser seuls, madame et moi, nous avons à causer...

M. de Roy, se leva tout d'une pièce comme une automate, et se dirigea vers la porte.

Mais, arrivé là, comme s'il redevenait maître de lui-même, il s'arrêta et se retournant il fixa son regard sur Bleu d'Azur.

Ce regard, tout égaré qu'il fut encore, était tellement empreint de passion, il disait si bien : Malgré ta haine, je t'aime toujours, que deux grosses larmes jaillirent des yeux de la comtesse.

Emue, malgré elle, Mlle de Rieux pressait de sa main droite son bracelet comme pour se rappeler sa promesse et murmurait : — Froide et dure comme le fer.

GRANDS MAGASINS
DU
PAUVRE JACQUES
PLACE DU CHATEAU-D'EAU

COUVERTURES ET BONNETERIE

Autrefois sur nos lits, nous metttions une couverture toute simple, nous avons changé tout cela, maintenant on a créé des couvertures bordées de soie, et même des couvertures brodées.

Le *Pauvre Jacques* a dans ce genre atteint le suprême du genre, comme élégance et a côté de ces couvertures en laine de Ségovie, il a l'assortiment complet d'articles fort beaux, mais moins chers parmi lesquels nous remarquons les couvertures laine mérinos à un prix incroyable...

Cette question de laine nous amène naturellement à la bonneterie.

C'est le côté prosaïque de l'existence que la bonneterie et cependant il est plus qu'utile, il est indispensable.

C'est là qu'on trouve les bas de laine, les bas de coton, les bas de mérinos à cotes, les bas de fantaisie. Les chaussettes de laine ou de coton; les gilets de chasse, tricots, dont les nuances sont toutes à la mode, les caleçons, les pantalons, les maillots, les gilets en coton... un monde idéal de choses réelles.

Et ne croyez pas qu'il n'y ait là que des articles *terre à terre*: Au *Pauvre Jasques*, l'élégance reprend toujours ses droits et je n'en veux pour preuve, à ce rayon, que les châles, tricot à la main, les bachelicks de toutes nuances à glands qui se trouvent souvent dans le jour et toujours à la sortie des théâtres, sur la tête de nos élégantes.

XI

LUTTE ENTRE LE BIEN ET LE MAL.

Les deux femmes assises l'une en face de l'autre, dans ce grand salon étincelant de lumière, gardèrent un instant le silence.

— Ecoutez-moi, Madame, dit soudain Madeleine d'une voix haletante et entrecoupée... Nous sommes vis-à-vis l'une de l'autre dans une singulière situation... vous, vous m'avez pris mon mari et moi, je viens le chercher chez vous, jusque dans votre salon; — vous me demandiez tout-à-l'heure comment je me trouvais ici. Je m'y trouve de par le droit que donne à une femme le devoir de sauver son mari que l'on veut perdre... Vous me permettrez de vous dire qu'en ces questions où la vie et l'honneur d'un homme sont en jeu, les questions mesquines d'étiquette et de politesse ont bien peu d'importance.

— C'est possible, siffla Bleu d'Azur, mais je ne puis cependant pas recevoir dans mon salon toutes les femmes qui courent après leurs maris... mon hôtel n'est pas destiné à servir de théâtre aux dénouements de tous les drames de famille... Du reste, Madame, ajouta Mlle de Rieux d'un ton sec, puisque vous êtes si bien renseignée vous devez savoir que ce n'est point moi qui ai attiré chez moi le comte... Depuis trois ans il me cherchait, il me trouve, il s'impose à moi, il fait des folies... vous me permettrez de ne pas m'en croire responsable et de trouver au moins étrange que l'on me reproche d'avoir pris un mari que je n'ai fait, en somme, que supporter... M. de

Roy m'aime, il m'adore, je ne puis l'en empêcher, quant à
moi; si cela peut vous être agréable, sachez que je le hais.

— Hélas! murmura Madeleine, vous le lui avez prouvé.

— Et cependant, voyez ce qu'il a fait... car je ne suis
pas dupe de votre action... c'est beau, c'est grand, mais
bien inutile avec une nature comme celle du comte. Que
demain je fasse un signe. et il sera à mes pieds, oubliant
que vous l'avez sauvé...

— Mais, s'écria la comtesse, ce signe vous ne le ferez
pas...

— Oh! répondit Bleu d'Azur, vous me jugez trop bien,
Madame... Vous m'avez enlevé ma vengeance des mains,
lorsqu'elle était mûre... j'attendrai une nouvelle occasion... mais vous ne savez donc pas ce que le comte m'a
fait, à moi... Mais vous ne savez donc pas, que pour
perdre cet homme, j'ai consenti à perdre ma réputation,
et que cependant je suis aussi pure et aussi chaste que la
plus chaste et la plus pure jeune fille...

— Si, je sais tout cela, fit d'une voix douce Madeleine,
et c'est ce qui me fait espérer... Vous êtes bonne au
fond; vous avez un cœur chaud et ardent qui m'en-
tendra et me comprendra... Cette œuvre que vous avez
entreprise, partant d'un mobile respectable, eh bien!
cette œuvre est impie... Croyez-vous être agréable à ceux
que vous avez aimés en leur immolant une ou deux vic-
times, dont une au moins ne vous a rien fait, car en frappant le comte, vous me frappez, moi?.. Croyez-vous que
si votre sœur, cet ange, vivait encore, elle ne vous dirait
pas : oublie et pardonne; à son lit de mort elle a oublié et
pardonné, elle, et vous, vous êtes implacable... Le comte
a mal agi, hélas! c'est vrai, mais cette passion que vous lui

avez inspirée, passion inassouvie, n'est-elle pas un châtiment suffisant?

Bleu d'Azur sombre et taciturne ne répondait pas, mais
elle serrait entre ses doigts crispés un des plis de sa robe
de velours.

— Mais, continua la comtesse avec exaltation, laissons
M. de Roy de côté... ce n'est plus la comtesse qui vous
parle, c'est une femme qui parle à une autre femme, une
femme qui prie une autre femme... Vous savez ce que
c'est que l'amour, eh bien! je viens vous supplier de me
laisser conquérir l'affection de l'homme que j'aime et dont
je porte le nom; je viens vous demander de renoncer à
vos sinistres projets... vous êtes la plus forte, je le sais...
c'est pourquoi je vous implore. Vous avez entre vos mains
mon repos, ma dignité, mon honneur, je ne parle pas de
mon bonheur, laissez-les moi... voyez, tout mon orgueil
est tombé, je pleure et je supplie... au nom de cette sœur
tant aimée, laissez-vous fléchir, pardonnez et toute ma
vie, pas un jour ne s'écoulera, sans que de mes lèvres ne
s'échappent une prière et une bénédiction pour vous.

Aux accents de cette voix si douce, si pénétrante, Bleu
d'Azur s'était sentie comme pénétrée d'un sentiment
inconnu... elle avait voulu réagir contre ce charme, et se
raidissant, elle avait essayé de ramener sur sa bouche son
ironique sourire; mais, malgré elle, une étrange émotion
l'envahissait tout entière... lorsque les yeux pleins de
larmes, la comtesse suppliante, se pencha vers elle comme
l'ange du dévouement implorant le démon de la vengeance... elle fut sur le point de la prendre dans ses
bras et de pleurer avec elle...

Son cœur battait à rompre sa poitrine; elle avait la
gorge sèche, oppressée...

— Grâce, madame, pardonnez.

Toilette de bal sortant des ateliers du *Pauvre Jacques*. (Faille et Guipures).

Toilette de visite en DRAP DE SOIE DU PAUVRE JACQUES, sortant des magasins du *Pauvre Jacques*.

Par un dernier effort de volonté, elle se leva et parvenant presque à dominer son émotion et à donner à sa voix des intonations calmes :

— J'apprécie, Madame, répondit-elle, les intentions qui vous guident ; je les respecte et je les admire... Je vous plains, mais je ne puis, dès à présent du moins, vous répondre, — votre présence, ces scènes successives, m'ont ôté le sang-froid nécessaire pour prendre une décision.

— Oh ! du moins, s'écria la comtesse, belle de désespoir et de douleur, un mot d'espérance, par pitié, un mot...

Et comme Bleu d'Azur, à bout de forces et d'énergie, faisait un mouvement pour se retirer, Mme de Roy saisit la jeune femme par le bras gauche....

Au contact du bracelet de fer, étonnée, elle porta involontairement les yeux sur l'objet qui lui avait causé cette sensation de froid.... Mlle de Rieux avait saisi ce regard...

— Tenez, Madame, s'écria-t-elle, si grâce à vos prières, je me laissais fléchir, je serais parjure, et ce bracelet que vous venez de toucher me le rappelle. Rivé à mon bras, il ne le quittera que lorsque je serai vengée... je l'ai juré...

Mme de Roy s'approcha alors plus près encore de Marie et lui prenant les mains :

— J'ai dix-huit ans, Madame, depuis que je suis au monde, je n'ai fait que du bien, on me dit bonne et douce à tous... je ne suis donc pas une méchante créature... je suis faible et inoffensive, mais je cherche à être et je suis, je le crois, utile à beaucoup... Il est des gens qui m'aiment... Je n'ai plus maintenant à vous dire qu'une chose : en frappant le comte, vous me frappez, car j'en mourrai... et vous aurez fait du mal à bien des innocents ;

voulez-vous être maudite, exécrée ? soyez sans pitié...
voulez-vous être bénie ? pardonnez... Le pardon, c'est la
meilleure vengeance des grandes âmes... Laissez-moi
espérer, Madame... Je pars... adieu...

— Demain, Madame, répondit Bleu d'Azur frappée de
ce langage où la dignité de la race s'alliait à la faiblesse de
la femme, demain j'aurai l'honneur de vous faire connaître
mes intentions...

Lorsque la comtesse se fut éloignée, Marie de Rieux se
laissa tomber dans un fauteuil et prenant sa tête entre ses
mains, elle se prit à pleurer.

— Pauvre et adorable femme ! murmurait-elle...

*
* *

Le lendemain matin, le jour surprit Bleu d'Azur dans
la même situation....

En cette nature étrange les bons sentiments et les mauvais, l'exaltation de ses idées de vengeance et sa pitié pour
la comtesse, se livraient un combat acharné...

Quel serait le vainqueur dans cette lutte morale ?

Il était environ dix heures du matin quand la jeune
femme entra dans sa chambre. Elle s'agenouilla devant le
portrait de sa sœur en disant.

— Sœur, inspire-moi ; et elle pria.

ÉPILOGUE

Le soir du même jour un domestique en livrée remettait à la comtesse de Roy un coffret d'ébène...

Dans ce coffret il y avait les deux tronçons du bracelet de fer et une lettre.

Voilà cette lettre :

« Madame,

» Vous m'avez vaincue. Ce bracelet bizarre, fantaisie » d'un esprit malade, sur lequel j'avais juré de me venger, » je vous l'envoie ; c'est vous dire que je renonce à mon » vœu...

» Soyez heureuse, vous en êtes digne par vos vertus. » Pour moi, j'entre dès aujourd'hui au Sacré-Cœur ; je » vais essayer d'oublier et de pardonner.

» Adieu.   » MARIE DE RIEUX. »

Le pardon était arrivé trop tard. Bouleversé par tous ces événements qui avaient fondu sur lui comme la foudre, le comte était fou et on désespérait de lui rendre la raison.

M. Vermasson est toujours agent d'affaires et directeur de l'*Office universel des Renseignements commerciaux et intimes*. Il attend avec impatience d'avoir son petit million pour se reposer. Il l'aura, espérons-le... Il parle quelquefois de l'affaire de Roy, mais avec un profond respect.

— Ah ! mon ami, dit-il de temps en temps à son premier commis, quelle opération ! comme c'était mené... Je touchais de l'argent de trois côtés à la fois... et personne ne s'en plaignait !...

FIN

GRANDS MAGASINS du PAUVRE JACQUES

Place du Château-d'Eau

MERCERIE & ARTICLES DE PARIS

Connaissez-vous quelque chose de plus complexe et de plus compliqué que ce que l'on nomme mercerie et articles de Paris? Je n'en connais pas.

La ganterie passe encore... Les gants de Suède, de castor, de chevreau à un ou plusieurs boutons sont bons où sont mauvais, et tout le monde sait qu'au *Pauvre Jacques* ils sont excellents et indéchirables, quelque soit leur prix, mais la mercerie — un monde! — l'article de Paris — un autre monde!

C'est un voyage dans les deux mondes qu'il me faut faire... d'un pôle à l'autre!

Il y a de tout! cela embrasse tout! et le *Pauvre Jacques* qui cherche toujours le nouveau, trouve que ce n'est pas encore assez et innove encore...

Demandez ce que vous voudrez là, du ruban, du fil, des aiguilles, des couteaux, du savon, des porte-monnaies, des parapluies, des ombrelles, des en cas, des horloges, des flambeaux, du jais, des pantouffles, des coupes, des caves à liqueurs, des boîtes à gants, des parfums, des petits bouquets, des nécessaires, vous y trouverez tout.

Demandez-y même l'impossible, on vous répondra que l'article est épuisé, mais qu'on en aura demain, tellement on est habitué, là, à donner tout ce que l'on désire...

C'est un Kaleïdoscope très-curieux à énumérer.

C'est un résumé en petit de tout ce que l'industrie a créé de gentil, de mignon, d'élégant...

Le *Pauvre Jacques* a voulu que dans ses immenses magasins on ait rien à désirer, pas même un journal — il en donne un à ses clientes... pour rien...

Après cela il faut tirer l'échelle.

C'est, à coup sûr, un fort joli article de Paris, et dont le bon marché ne sera jamais dépassé.

LILLE — Imprimerie LEMAIRE-DOISY.

TABLE DES MATIÈRES:

DU MÊME AUTEUR

Le comte de Fervacques, roman d'aventures, un volume grand in-8°. . . . . . . 2 fr.

Le Squelette au nez d'argent (suite du comte de Fervacques) . . . . . . 2 fr.

SOUS PRESSE :

Le Roman d'un Déclassé, roman vrai.

Madame Dévoûment, étude de la vie réelle.

Paraît tous les mois :

La GAZETTE du CHATEAU-D'EAU

JOURNAL ARTISTIQUE ET LITTÉRAIRE

Rédacteur en Chef : JEAN DE MIRAS

Le journal est envoyé gratuitement à toute personne qui en en fait la demande au Rédacteur en Chef, 70, rue des Marais, ou aux magasins du PAUVRE JACQUES.

Lille. — Imp. Lemaire-Doisy.

www.ingramcontent.com/pod-product-compliance
Lightning Source LLC
Chambersburg PA
CBHW060825250626
47162CB00005B/1950